PRZEKLĘTY GROBOWIEC

W cyklu

„ŚLEDZTWA KSIĘCIA SETNY"

ukażą się następujące tytuły:

PRZEKLĘTY GROBOWIEC

ZAKAZANA KSIĘGA

ZŁODZIEJ DUSZ

POJEDYNEK MAGÓW

CHRISTIAN JACQ

ŚLEDZTWA KSIĘCIA SETNY

PRZEKLĘTY GROBOWIEC

Przełożyła
MONIKA SZEWC-OSIECKA

REBIS
DOM WYDAWNICZY REBIS

Tytuł oryginału
Les Enquetes de Setna. La Tombe maudite

Redaktor
Elżbieta Bandel

Projekt i opracowanie graficzne serii i okładki
Urszula Gireń

Fotografia na okładce
© DeAgostini / Getty Images

Źródła ilustracji:

Strona 11 (góra): *Texte des Sarcophages* Strony 11 (dół), 76, 134 i 235: Jean-François Champollion, *Monuments de l'Égypte et de la Nubie d'après les dessins exécutés sur les lieux sous la direction de Champollion le jeune et les descriptions autographes qu'il a rédigées*, Firmin Didot frères, Paris 1835–1845.
Strony 19 i 52: Norman de Garis Davies, Nina M. Davies (Cummings), *The tomb of Nefer-Hotep at Thebes*, Metropolitan Museum of Art, Egyptian expedition, Arno Press, New York 1933.
Strony 35, 43, 59, 89, 170, 211 i 243: *Le livre de sortir au jour*, w Edouard Henri Naville, *Das aegyptische Todtenbuch*, Verlag Von A. Esches, Berlin 1886.
Strony 106, 155 i 227: Norman de Garis Davies, *The tomb of Rekhmirê at Thebes*, Metropolitan Museum of Art, Egyptian expedition, Arno Press, New York 1943.
Strona 177: Ippolito Rosellini, *I monumenti dell'Egitto e della Nubia*, Presso N. Capurro ec., Pisa 1832–1844.

Wydanie I
Poznań 2016

ISBN 978-83-7818-860-5

Dom Wydawniczy REBIS Sp. z o.o.
ul. Żmigrodzka 41/49, 60-171 Poznań
tel. 61-867-47-08, 61-867-81-40; fax 61-867-37-74
e-mail: rebis@rebis.com.pl www.rebis.com.pl

1

Stary od urodzenia był stary i wcale nie było mu z tym źle. Był potomkiem długowiecznego rodu – zdaniem niektórych sięgającego korzeniami okresu panowania pierwszego faraona – i miał do dyspozycji eliksir młodości, jakim było dobre wino. Białe wytrawne o smaku świeżych owoców na przebudzenie, mocne czerwone na obiad, lekkie różowe na podwieczorek i najwyborniejsze do kolacji. Te wykwintne produkty, mariaż natury i ludzkiej inteligencji najwyższych lotów, stanowiły lek na wszelkie choroby.

Iluż młodym ludziom, których poi się wodą, brak sił! Oczywiście piwo to także napój nie do pogardzenia, zwłaszcza w porze upałów. Nic jednak nie może zastąpić wina. Stary był właścicielem winnicy w pobliżu Memfis, gospodarczej stolicy Egiptu. Uprawę powierzył dwóm specjalistom, których skrupulatnie nadzorował. Opisane dzbany spoczywały w piwnicy, gdzie przed zakusami rabusiów chroniły je podwójne drzwi zaopatrzone w solidne zamki.

Aby opłacić swoich pracowników, Stary sam musiał zarabiać. Znalazł zatrudnienie jako administrator w służbie bogatego dostojnika, właściciela dużego majątku, w którym mieszkał i pracował liczny personel rozmaitych zawodów. Trzeba było bez przerwy nadzorować ów mikrokosmos, tropiąc ewentualnych dekowników, którzy tylko czekali na chwilę rozprzężenia. Ale przy Starym młodzież nie mogła się lenić.

Korzystając z wolnego wiosennego dnia, odwiedził swoją piwnicę i odkorkował kilka starych dzbanów z czasów pierwszych lat panowania Ramzesa II – powszechnie czczonego bohatera, który w bitwie pod Kadesz pokonał pragnących zająć Egipt Hetytów*. W obu krainach – Dolnym i Górnym Egipcie – panował dobrobyt, na którym wszyscy korzystali.

Na terenie Delty, blisko szlaku syropalestyńskiego, który został wykorzystany jako droga inwazji, faraon pobudował nową stolicę, Pi-Ramzes. Nie zapomniał przy tym o dodaniu splendoru starym ośrodkom, takim jak Teby, siedziba boga Amona, który kierował jego ramieniem pod Kadesz, czy Abdżu, święte terytorium Ozyrysa, strażnika tajemnicy zmartwychwstania i pana „usprawiedliwionych głosem".

Krótko mówiąc, w tym najdoskonalszym ze światów żyło się naprawdę dobrze. Staremu doskwierał jedynie potężny ból głowy, spowodowany prawdopodobnie zbyt

---

* Przodkowie Turków.

dużą ilością słodkiego białego wina. Spacerując bez celu w łagodnym blasku wieczoru, zarządca przekroczył granicę między terenami uprawnymi a pustynią i zdrzemnął się u stóp wydmy. Obudziło go rześkie nocne powietrze. Stary spojrzał na tysiące gwiazd składających się na duszę bogini nieba Nut. Mimo że łamało go w kościach, gotów był oddać się kontemplacji nieboskłonu, gdyby nie gwałtowny podmuch wiatru, który nagle przysypał go do połowy piaskiem. Wyrzekając i plując, mężczyzna wstał.

W ciągu kilku chwil niebo pokryło się czarnymi chmurami i stało się polem zażartej bitwy. Błyskawice raz po raz cięły firmament, ziemia zaczęła drżeć, a szczyt wydmy urósł. Nie był to ani koszmarny sen, ani normalne zjawisko. Demony pustyni rozpętały kataklizm. Świadom swoich niewielkich szans na przeżycie Stary ruszył prosto przed siebie w poszukiwaniu jakiegoś schronienia. Stracił orientację w chaotycznym krajobrazie i potykał się co krok. Ratowała go jednak krzepka postura, nie poddawał się więc zwątpieniu. W chwili gdy zabrakło mu tchu w piersiach, zauważył stos kamieni. Wyjął część z nich, tak by powstała dziura, skulił się w niej i zasłonił odłamkami wapiennej skały. Jakiż smutny koniec, umrzeć o suchym gardle, z dala od ukochanej piwniczki! Na tę wstrząsającą myśl postanowił, że się nie podda.

I wtedy tumult ustał. Lodowaty wiatr przyprawił Starego o drżenie. Z trudem wydobywszy się spod kamiennego całunu, mężczyzna rozejrzał się dookoła.

Nowe wydmy poprzecinane wąwozami, połamane rośliny, trupy lisów pustynnych i gryzoni... A nieco dalej jakaś ludzka postać!

Powinien zawołać, machać, ruszyć biegiem w kierunku drugiego ocaleńca, ale poczuł silny wewnętrzny impuls, który nakazał mu pozostać w ukryciu i obserwować. Posłuchał go i poczuł głęboką ulgę.

Mężczyzna, uzbrojony w długi sztylet, rozejrzał się po okolicy i dał znak swoim towarzyszom, że droga jest wolna. Najwyraźniej grupa wyszła z grobowca, który ocalał z nawałnicy. Schronienie dla zbłąkanych wędrowców? A może cel, który upatrzyła sobie szajka rabusiów? Stary powinien uciekać, ale ciekawość okazała się silniejsza. Twarze złoczyńców zasłaniały zgrzebne chusty, zza których widać było tylko oczy. Wszyscy odziani byli w długie tuniki. Stanęli kręgiem wokół mężczyzny ze sztyletem. Ten zaś uniósł broń, jakby chciał przebić gęste chmury.

Niebo przecięła potężna błyskawica i grom uderzył kilka kroków od mężczyzn, zamieniając się w kulę ognia. Z zawrotną szybkością zatoczyła krąg wokół grupy, a następnie zniknęła w piasku. Nie było najmniejszych wątpliwości: człowiek ze sztyletem był czarownikiem, i to najgorszego gatunku! Rozkazywał żywiołom, wywoływał nawałnicę i trzymał w garści Seta, pana burzy i piorunów.

Stary był przerażony. Sądził, że nadeszła jego ostatnia godzina. Mag wyczuje jego obecność i przygwoździ go do ziemi, a potem unicestwi.

Czarownik przekroczył granicę kręgu, w którym uwięzieni byli jego wspólnicy, i wszedł do grobowca. Zarządca dotknął własnego ciała i uświadomił sobie, że wciąż żyje. Teraz już musi uciekać! I tak za dużo widział, poza tym z każdą chwilą czuł coraz większą suchość w gardle. Drżące nogi odmówiły mu jednak posłuszeństwa. Ta słabość go uratowała, bowiem czarownik już wychodził z grobowca, niosąc duży, podłużny przedmiot okryty czerwonym welonem. Wolnym krokiem doszedł do kręgu i złożył łup w samym jego środku. Odezwał się głosem tak uroczystym i władczym, że Stary aż zadrżał:

– Oto skarb nad skarby, tajemnica życia i śmierci. – I zdjął welon.

Oczom zebranych ukazał się dzban podłużnego kształtu na solidnej podstawie, zamknięty wielkim kamiennym korkiem. Jeden z rabusiów, nie mogąc się powstrzymać, podszedł do bezcennego przedmiotu. Dotknął korka i spojrzał na czarownika, który stał z rękami skrzyżowanymi na piersi. Skoro tylko kamień został uniesiony, z dzbana wydobył się pomarańczowy dym i otulił świętokradcę. Mężczyzna cofnął się zaskoczony. Szeroko otworzył usta niczym ryba wyjęta z wody. Uduszony osunął się na ziemię.

Czarownik ponownie przykrył skarb czerwonym welonem.

– Oto oglądaliście zapieczętowany dzban*, który

* W języku egipskim: Khetemet.

zawiera największy sekret – oznajmił wspólnikom. – Kto zna jego tajemnicę, posiada prawdziwą moc. A wy, bando drobnych rzezimieszków, dostąpiliście przywileju, którego nie jesteście godni, dlatego musicie zniknąć. Odkopaliście wejście do przeklętego grobowca, wasza misja jest zakończona, nie jesteście mi więcej potrzebni.

– Ale obiecałeś... – oburzył się jeden z osiłków.

Mag chwycił dzban i zakręcił nim. Pomarańczowy dym otoczył jego wspólników. Ich ciała się skurczyły, a ciszę pustyni rozdarły krzyki agonii. Kiedy stwierdził, że z trupów prawie nic już nie zostało, czarownik, który stał się teraz posiadaczem zapieczętowanego dzbana, oddalił się na wschód. Poranne słońce przebiło się wreszcie przez chmury.

Stary roztropnie odczekał dłuższą chwilę i dopiero wtedy się podniósł. Chwiejąc się na nogach, ruszył w kierunku miejsca masakry, zastanawiając się, czy nie przyśnił mu się koszmarny sen. Jednak obecność zwęglonych ludzkich szczątków dowodziła czegoś wręcz przeciwnego. Podjął instynktowną decyzję: nikomu nie powie o tej tragedii. Umierając z pragnienia, powlókł się w kierunku terenów uprawnych i świata żywych.

Zapieczętowany dzban, skarb nad skarbami, pierwowzór Świętego Graala (za *Księgą sarkofagów*).

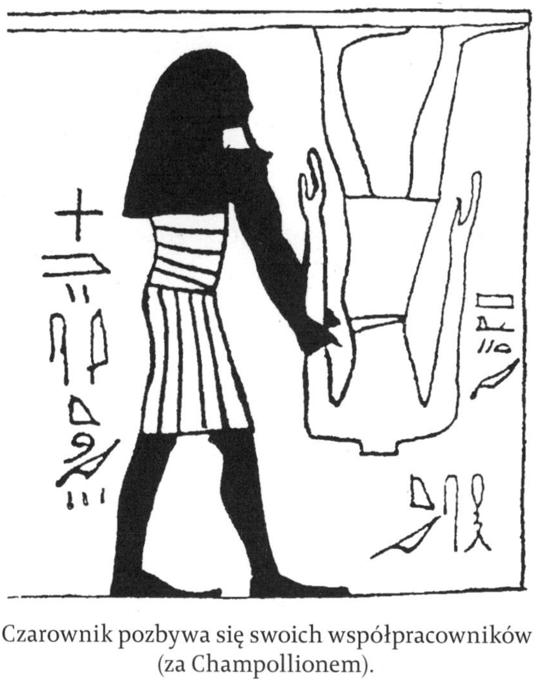

Czarownik pozbywa się swoich współpracowników (za Champollionem).

2

Choć na Nubię lał się żar z nieba, generał Ramesu nie mógł usiedzieć w miejscu. Śpieszno mu było przypuścić szturm na wioskę, gdzie schronili się buntownicy, którzy wcześniej ośmielili się napaść na karawanę zmierzającą do egipskiej stolicy. Zakpili sobie w ten sposób z władzy Ramzesa Wielkiego, którego reakcja była natychmiastowa. Faraon, nieznoszący nawet najmniejszych przejawów niesubordynacji, stanął na czele wojska, by przywrócić ład w Nubii i zdusić w zarodku chęć buntu.

Generał był synem króla i jego pierwszej ukochanej, Isetnofret. Mimo że kobieta musiała usunąć się w cień i ustąpić miejsca Nefertari, która została pierwszą spośród Wielkich Małżonek Królewskich i Panią Obu Krajów, Isetnofret pozostała na dworze i korzystała ze wszystkich przywilejów. Ramesu nie marnował żadnej okazji, by dowieść swojej waleczności, i w uznaniu zasług został dowódcą kompanii ekspedycyjnej złożonej z oddziału rydwanów i piechoty. Mimo że był jeszcze młody, weterani cenili w nim oddanego misji zawodowego żołnierza, który nie wahał się ryzykować życia.

Podczas tej wyprawy żołnierzy spotkał nie lada zaszczyt: obecność Ramzesa, władcy, który w ciągu pięciu lat swojego panowania odparł Hetytów i zaprowadził trwały pokój. Czekali na jego rozkazy, pewni, że poprowadzi swoje wojsko ku zwycięstwu. Jego chwałę opiewano przecież w popularnej piosence: „Faraon rozsiewa wokół siebie blask niczym słońce, on daje życie, jak woda i powietrze. Kochamy go i czcimy, ojca i matkę Obu Krajów, światło obu brzegów".

Ramzes nie lekceważył przeciwnika. Nie wysłał oczywiście do walki czterech swoich korpusów – to znaczy dwudziestu tysięcy mężów – stacjonujących pod opieką bogów Ra, Amona, Ptaha i Seta, ani też dwóch tysięcy rydwanów zdolnych przełamać każdą linię frontu. Tysiąc doświadczonych wojowników z pewnością było jednak wystarczającą siłą do pokonania setki nubijskich rabusiów, którzy schronili się w pozbawionej umocnień mieścinie.

Wystarczyło spojrzeć na Ramzesa, by zrozumieć, dlaczego to on dostąpił najwyższej władzy. Jego naturalny autorytet budził szacunek i zaufanie. Kłaniano mu się, gdy tylko się pojawił. Ramesu powściągał niecierpliwość, wiedząc, że jego ojciec podejmie dobrą decyzję we właściwej chwili i że nie ma sensu zawracać mu głowy. Ani przez chwilę nie brał pod uwagę możliwości porażki.

– Kiedy ruszamy do ataku? – zapytał Ched, niespełna dwudziestoletni krzepki zawadiaka.

Jako wyborowy łucznik zawsze szedł w forpoczcie. Był prawdziwym wojownikiem z powołania, lojalnym w każdych okolicznościach.

– Czekamy na rozkazy króla.

– Buntownicy są otoczeni – przypomniał Ched. – Weźmy ich!

– Cierpliwości – poradził mu generał. – Ramzes ma bardziej przenikliwy wzrok niż my.

Zrezygnowany łucznik wrócił na pagórek, z którego obserwował pozycje przeciwnika. Zdaniem części oficerów jego stanowisko było zbyt wysunięte, odizolowane, on jednak, by móc interweniować w razie niemiłej niespodzianki, nie wahał się ryzykować.

Ramesu uśmiechnął się na widok swojego młodszego brata Setny, który siedział pod palmą i czytał jakiś papirus*. Chłopak zupełnie nie nadawał się do wojaczki! Ojciec zabierał go już na pola bitewne, jednak drugi syn Isetnofret od małego interesował się tylko czytaniem i pisaniem. Uznany za cudowne dziecko wciąż pogłębiał swoją wiedzę i jedyną jego ambicją było zostać kapłanem w służbie Ptaha, boga Memfis, stolicy Starego Państwa, strażniczki tradycji.

Ramesu, choć także był królewskim skrybą, nie po-

---

* Książę Chaemuaset, „Pojawiający się w Tebach", stał się bohaterem literatury egipskiej pod imieniem Setna.

dzielał pasji brata; świat był niespokojny, Egipt wciąż narażony na niebezpieczeństwo. Tylko potężna armia gwarantowała mu spokój i dobrobyt. Oczywiście opieka bogów była nieodzowna, istniało jednak mnóstwo świątyń oraz kapłanów, których zadaniem było wypowiadanie skutecznych zaklęć przeciw nieprzyjaciołom. Rola królewskiego syna nie mogła się do tego ograniczać.

Choć Setna nie był tchórzem, nienawidził przemocy. Ledwie zaczął naukę w pałacowej szkole, okazało się, że jest bardziej uczony od swojego profesora; choć wzbudzał zazdrość i krytykę, nie okazywał najmniejszej wrogości. Przychodzili kolejni nauczyciele, aż w końcu jego edukacją zajęli się mistrzowie z Domu Życia przy świątyni w Memfis, których wymagania zniechęcały większość uczniów. Zachwycony jakością i rozległością otrzymywanej wiedzy Setna pracował dzień i noc, by okazać się jej godnym.

– A ten znowu czyta! – ubolewał Ramesu.

Setna podniósł głowę.

– Czytam o bogactwach naturalnych Nubii – oznajmił. – Król pragnie tam pobudować kilka świątyń i rozwinąć kwitnącą gospodarkę. Dlatego potrzebuje dokładnych informacji.

Ramesu nie krył zdziwienia. Ramzes Wielki naprawdę potrafi wykorzystać wszelkie umiejętności! Starszy syn poczuł dla niego tym większy podziw.

– I jakie wnioski, bracie?

– Jeśli tylko uda się powołać skutecznego zarządcę

i ustanowić trwały pokój, plany Jego Wysokości zostaną zrealizowane.

– A pokojowi zagraża banda rebeliantów! Musimy ich wybić i zdławić u Nubijczyków chęć buntu.

– A gdyby negocjacjami przywieść ich do rozumu?

– Marzenia! Mamy przed sobą morderców i łupieżców niezdolnych do poprawy. Zapamiętaj to sobie: ze Złem się nie negocjuje.

Setna pokiwał głową.

– Przykro mi, że przerywam ci lekturę, ale potrzebuję cię do dowodzenia tylną strażą. Spokojnie, nic ci nie grozi!

Setna był przyzwyczajony do ironicznych przytyków starszego brata i nie miał mu ich za złe. Bez potężnej armii i odwagi Ramzesa Hetyci opanowaliby Egipt i zburzyli jego świątynie. Świadom nieustannego zagrożenia młody skryba odczuwał wdzięczność wobec żołnierzy takich jak Ramesu czy nieustraszony Ched, z którym przyjaźnił się od dziecka. Zapewniając bezpieczeństwo Obu Krajom, chronili oni dziedzictwo bogów i zapewniali przetrwanie cywilizacji przodków.

Setna zwinął papirus i włożył go do podróżnej torby z białej skóry. Ruszył za generałem Ramesu, który poprowadził go przez pole nienagannie rozstawionych namiotów. W obozie przestrzegano ścisłych zasad higieny i jedzono do syta. Nad zdrowiem żołnierzy czuwały służby medyczne złożone z chirurgów, lekarzy i pielęgniarzy sprowadzonych z Memfis. Nubijczycy byli świetnymi żołnierzami. Ludzie Ramzesa, liczniejsi i lepiej uzbrojeni, mieli się zmierzyć z buntownikami, którzy nie sprzedadzą tanio swojej skóry. Musieli się liczyć ze stratami, a bliskość natarcia sprawiała, że siedzieli jak na szpilkach.

Ramesu zwołał weteranów z tylnej straży i przedstawił im nowego dowódcę: Setnę. Ten, powołany na „pięćdziesiętnika", sprawdzał wieżyczki strażnicze. Piechurzy powstrzymywali uśmiech, zdziwieni obecnością niegroźnego dzieciaka, pewni, że z łatwością narzucą mu własne zwyczaje. Ramesu bynajmniej nie żałował psikusa, jakiego zrobił bratu. Kontakt z tymi cwanymi zuchami pomoże mu dorosnąć.

– Kiedy szturm? – zapytał jeden z wiarusów.

– O zachodzie słońca narada wojenna – odparł generał. – Jego Wysokość odkryje przed nami swoją strategię.

Ramesu się oddalił, pozostawiając Setnę z jego nowymi obowiązkami.

– No dobra – oznajmił jakiś rudzielec – idziemy na obiad. Dziś świeża rybka z porannego połowu!

– Chwileczkę – przerwał mu Setna.

Rudzielec i jego towarzysze zdębieli.

– Panie, jesteśmy głodni i...

– Przede wszystkim musimy wzmocnić środki bezpieczeństwa i rozdzielić zadania. – Jego głos był spokojny, ale stanowczy.

Weterani spojrzeli na młodego człowieka innym okiem. To przecież syn Ramzesa, lepiej go słuchać i nie dyskutować.

Książę Setna składa ofiarę bogom (grobowiec Neferhotepa).

3

Wróciwszy po długiej podróży do swojej pracowni, czarownik najpierw złożył ofiarę mocom ciemności, a następnie spalił amulet przedstawiający oko Horusa. W ten sposób nadal mógł korzystać z niszczycielskiej energii pustyni i odcinał innym drogę do odkrycia jej sekretów. Upajając się swoim niezwykłym sukcesem, nie mógł się nadziwić, że udało mu się doprowadzić do końca tak trudne przedsięwzięcie.

Kiedy tylko z ust pewnego gadatliwego i najwyraźniej tracącego już rozum starego sługi Ptaha dowiedział się o istnieniu świętego dzbana, uknuł plan wejścia w jego posiadanie. Długie poszukiwania spełzły jednak na niczym. Obdarzony potężną mocą dzban, w którym zamknięta była tajemnica życia i śmierci, okazał się chimerą. Zniechęcony czarownik postanowił zapomnieć o urojonym skarbie. Zaintrygował go jednak ciekawy incydent. Z jednego z grobowców nekropolii memfickiej wydostały się duchy, które zaatakowały strzegących jej żołnierzy. Ramzes błyskawicznie wysłał na miejsce zastęp magów, którzy zażegnali niebezpieczeństwo.

Operacja zakończyła się pomyślnie, ale została uznana za tajemnicę państwową! Wykorzystując liczne kontakty na dworze faraona, mag poznał imiona pogromców Zła. Jeden z nich okazał się wielkim amatorem cudzoziemek, nietrudno więc było zastawić na niego pułapkę. Jako dobry pan pozwolił swojej ofierze trochę się zabawić. Następnie udusił Syryjkę, związał kochanka i torturował go, aż uzyskał precyzyjne odpowiedzi na swoje pytania.

Tak, święty dzban istniał i był najcenniejszym ze skarbów! Kierując się sugestią doradców, Ramzes kazał go ukryć w grobowcu, który w powszechnym mniemaniu uchodził za przeklęty, ponieważ strzegły go duchy. Codziennie jeden czarownik w asyście uzbrojonych ludzi dokonywał obchodu tego miejsca. Wydarzyła się jednak tamta tragedia – okazja, którą mag postanowił natychmiast wykorzystać. Podczas gdy pałacowi uczeni zastanawiali się nad wyborem nowych środków bezpieczeństwa, zebrał bandę złodziejaszków, z której usług korzystał od dawna, rozpętał zawieruchę i otoczył przeklęty grobowiec. Jednak szanse dotarcia do celu były nikłe. Ile demonów zostało w grobie? Czy zdąży użyć wszystkich zaklęć, które je unieszkodliwią?

Zuchwałość i szczęście sprzęgły się ze sobą. Sięgając po łup, czarownik się zawahał: czy święty dzban nie spali jego dłoni i duszy? Wypowiadając formułę będącą królewskim przywilejem, a wykradzioną z Domu Życia, obłaskawił tajemniczą energię zamkniętą w naczyniu. Pozostało tylko zlikwidować świadków kradzieży. Dlaczego nie skorzystać z mocy zapieczętowanego dzbana? Rezultat był imponujący! W kilka chwil pomarańczowe opary unicestwiły bandę oberwańców. On zaś stał się posiadaczem cudownego skarbu. On jeden znał niedostępne miejsce jego ukrycia. Był potężniejszy od samego faraona!

Otrząsnął się z samouwielbienia. Posiadanie najgroźniejszej broni nie oznaczało jeszcze zwycięstwa. Królestwo Ramzesa trzymało się mocno, a sam faraon dowiódł swojej waleczności. Aby go obalić i ustanowić królestwo Zła, należało rozciągnąć gigantyczną pajęczynę, z której władca nie będzie mógł się wymknąć. Droga czarownika zakończy się tryumfem, pod warunkiem że okaże cierpliwość i znajdzie skutecznych sprzymierzeńców. Śmierć Ramzesa podczas wyprawy do Nubii pozwoliłaby bardzo zyskać na czasie. Wydawało się to nieprawdopodobne, ale czy faraon nie może popełnić jakiejś nieostrożności?

Szpieg, ryzykując życie, uzyskał informację o kapitalnym znaczeniu: Ramzes, naczelny wódz jego wojsk i oficerowie dowodzący zebrali się w dużym namiocie władcy. Nie było najmniejszych wątpliwości, że zamierza on wydać rozkaz szturmu na wioskę, w której schronili się buntownicy.

Przywódca rebeliantów, atletycznie zbudowany pięćdziesięciolatek, wychylił puchar z alkoholem i daktylami. Uznał, że napitek pomoże wyzbyć się strachu przed ostatecznym starciem.

– Niech wszyscy nasi ludzie piją – zarządził. – Tym razem zwycięstwo jest w zasięgu ręki!

– Czyżbyś miał jakiś plan? – zaniepokoił się jego doradca, siwobrody starzec.

– Atak!

– Atak na armię Ramzesa? Rozniosą nas!

– Spójrz na rysunek, który nasz szpieg naszkicował na piasku. Widać na nim dwa słabe punkty. Pierwszym jest straż tylna. Rozbije ją większa grupa naszych ludzi, co wywoła panikę w oddziałach wroga. Drugi to ochrona namiotu króla: jest tam niewielu żołnierzy. Ja i moi najlepsi wojownicy wykorzystamy panujący zamęt i zabijemy Ramzesa. Po jego śmierci zapanuje chaos. Wybijemy uciekinierów, plemiona przyłączą się do nas i odzyskamy kontrolę nad Nubią!

Starzec musiał przyznać, że w tej strategii nie ma nic nieracjonalnego, a decydującą rolę odegra efekt zaskoczenia.

– Nie mamy ani sekundy do stracenia, do ataku!

O zachodzie słońca Nil mienił się całą gamą kolorów, od granatu do jaskrawej czerwieni. Poruszane lekkim wiatrem liście palm rzucały dobroczynny cień.

Przed zmianą warty żołnierze raczyli się orzeźwiającym piwem.

Setna przyzwyczajał się do surowego piękna prostego krajobrazu Nubii. Polubił tę walkę rzeki z pustynią, soczystą zieleń gajów palmowych, ciepły brunatnożółty odcień piasku, pelikany i ibisy. Nagle w miejsce wieczornej idylli pojawił się niepokój. Młody mężczyzna wyczuł zagrożenie. Ścisnęło go w gardle.

– Wstawać! – rozkazał zdziwionym towarzyszom.

Setna pierwszy zauważył Nubijczyka, który celował w niego włócznią. Jej grot prawie musnął skroń syna Ramzesa, którego natychmiast otoczyli żołnierze gotowi do zbrojnej odpowiedzi. Dzięki środkom zastosowanym przez pięćdziesiętnika sygnał alarmowy bardzo szybko obiegł obóz i dziesiątki piechurów w odpowiednim szyku ruszyły z pomocą tylnej straży. Doświadczeni żołnierze, przygotowani do tego rodzaju starć, mimo nieustępliwości wroga szybko osiągnęli przewagę. Grube tarcze okazały się zbawienne, a precyzja rzutów oszczepem przyczyniła się do klęski Nubijczyków.

– Setna uratował nam życie – przyznał rudzielec.

Ched prawie już drzemał, kiedy zauważył jakiś ruch we wschodniej części wioski, od strony Nilu. Wykorzystując fakt, że zapadał zmierzch, Nubijczycy usiłowali otoczyć egipski obóz i zaatakować go od tyłu. Wyborowy łucznik nie interweniował, ponieważ zobaczył, że inną drogą rusza drugi, mniejszy oddział. Ched w mig pojął, że ma do czynienia ze sprytną dywersją, która ma za zadanie odwrócenie uwagi od głównego celu – namiotu króla. Jeśli członkom wyprawy uda się dokonać nagłego przerwania linii obrony, mimo poważnych strat ich plan może się powieść.

Na czele szedł kipiący energią mężczyzna, najwyraźniej ich dowódca. Właśnie unieszkodliwił strażnika, czym wzbudził entuzjastyczne okrzyki towarzyszy. Pijani buntownicy nie obawiali się walki, a droga do namiotu stopniowo stawała przed nimi otworem... Ched szybko zajął najkorzystniejszą pozycję i napiął łuk. Strzała przeszyła plecy dowódcy Nubijczyków w chwili, gdy ten atakował kolejnego strażnika. Jego wspólnicy zdezorientowani stanęli w miejscu i natychmiast otoczyli ich żądni zemsty żołnierze piechoty, którzy nie mieli nad nimi litości.

Jedynym, który zdołał się wymknąć z zasadzki, był starzec z siwą brodą. Trzymając w dłoni sztylet, dotarł do królewskiego namiotu, ale przerażony zatrzymał się przy wejściu. Drogę zagrodził mu lew Ramzesa, Zabójca, który towarzyszył faraonowi od czasu bitwy pod Kadesz. Ostatni z buntowników nie zdążył uciec.

Spośród Nubijczyków nikt nie ocalał, po stronie Egipcjan było trzech zabitych i dziesięciu rannych. Wodzowie plemion, dowiedziawszy się o miażdżącym zwycięstwie

Ramzesa, w dowód ostatecznego poddania ofiarowali mu strusie pióra i skóry lampartów. Król ze swej strony zapowiedział im wzniesienie licznych sanktuariów oraz rozwój ekonomiczny regionu.

Ched został odznaczony i znacznie się wzbogacił. Odtąd nazywano go Chedem Wybawcą. Przed Setną zaś, który swą odwagą wzbudził podziw wśród weteranów, ku wyraźnemu niezadowoleniu generała Ramesu otwierała się droga do błyskotliwej kariery wojskowej.

4

Setna zapalił pięć lamp, które zapewniały jego gabinetowi w Memfis znakomite oświetlenie i umożliwiały pracę nocą. Podstawę każdej lampy stanowiła ciężka wapienna półkula z kwadratowym otworem na środku. W otworze zamocowana była akacjowa kolumienka wyrzeźbiona na kształt zwoju papirusu. Do jej wypukłego szczytu przymocowano trzy słupki podtrzymujące lampkę oliwną z knotem. Dzięki dobrej jakości olejowi – często rycynowemu – oraz odpowiedniemu obchodzeniu się z knotem lampka nie kopciła.

Ponieważ Setna uzyskiwał doskonałe wyniki na coraz trudniejszych egzaminach, zezwolono mu na korzystanie z tego pomieszczenia w przybudówce Domu Życia przylegającego do memfickiej świątyni. Memfis, stolica Starego Państwa, złotego wieku, o którym świadczyły gigantyczne piramidy i tyle innych zabytków! Memfis, siedziba boga Ptaha, który stworzył świat swoim Słowem i jest patronem artystów. Setna marzył, by zostać jednym z kapłanów czuwających nad sanktuarium, strzec dawnych tradycji i rodzimych sekretów.

Ale jak tu się przyznać przed ojcem, że woli Memfis od nowej, wspaniałej przecież stolicy Pi-Ramzes? Drugim marzeniem Setny było przekonanie króla do szeroko zakrojonego planu odrestaurowania starożytnych budowli i przywrócenia im dawnego splendoru. Ramzes jednak przyznawał pierwszeństwo swojemu „Turkusowemu Miastu", w którym miały siedziby najważniejsze urzędy w kraju, oraz przyszłym budowom w Nubii.

Tam, na Wielkim Południu, Setna zobaczył śmierć z bliska. Nie zapomni widoku trupów, jęku umierających ani cierpienia rannych. Oczywiście, ta bitwa była konieczna ze względu na przyszły kształt Nubii. Egipt zaś potrzebował armii zdolnej zapewnić jej bezpieczeństwo. Setna jednak nie miał najmniejszej ochoty na kontynuację wojskowej kariery, którą po jego wyczynie wróżyło mu wielu notabli.

Czy Ramzes go zrozumie, czy raczej zmusi do uległości, powierzając dowodzenie którymś z pułków? Syn nie może sprzeciwić się ojcu. Rzut oka na bibliotekę rozproszył jego niepokoje. Pieczołowicie ułożone na półkach papirusy strzegły przekazywanych z pokolenia na pokolenie mądrości przodków. Było tam nauczanie Imhotepa, twórcy architektury kamiennej i piramidy schodkowej w Sakkarze, *Satyra na różne zawody* humorysty Chetiego, zachwalająca życie skryby, opowieść Sinuheta, hymny do koron królewskich, rady faraonów dla ich następców i wiele innych wspaniałości.

Setna przypomniał sobie, że będąc dzieckiem, niecierpliwił się niczym zbyt narowisty koń, tak bardzo pragnął mieć dostęp do tych skarbów. Kij pierwszego nauczyciela w końcu otworzył ucho, które chłopiec miał na plecach, i sprawił, że Setna zrozumiał powagę słów Ptahhotepa:

Głupiec jest nieskory do słuchania
I niczego nie dokona.
Mądrość uważa za głupotę,
Wszystkie jego czyny są obrzydliwe,
Tak że każdego dnia wzbudza gniew.
Żywi się tym, co niesie śmierć,
Jego pokarmem jest przewrotna mowa.
Szlachetni dobrze poznali jego charakter,
Jest on człowiekiem umarłym za życia. Jeśli akt słuchania nieustannie przenika słuchającego, słuchający staje się słyszącym. Kiedy słuchanie jest dobre, dobra jest i mowa. Bóg miłuje słuchającego, a ten, który nie słucha, jest w nienawiści u boga. Słuchanie lepsze niż wszystko, z niego rodzi się miłość doskonała.

Setna przyswoił sobie tę naukę i mimo młodego wieku starał się wcielać ją w życie. Czyż nie był to niezbędny warunek spełnienia jego marzeń? Posłuszeństwo nauczycielom to pierwsza z jego powinności. Tej nocy zaś miał przepisać fragment jednej z *Nauk* przeznaczonych dla szkoły skrybów.

Przed rozpoczęciem pisania należało oddać cześć Imhotepowi, opiekunowi tych, którzy mieli zaszczyt uprawiać tę sztukę. Setna wylał więc kilka kropel wody na swoją deszczułkę w charakterze ofiary, by zachować w sobie żywą pamięć o Patronie. Następnie wybrał średniej jakości używany papirus, wystarczający do tego celu. Jako podkład dla swoich wprawek pełnych błędów i niedokładności uczniowie wykorzystywali kawałki wapienia lub drewna. „Wyrabianie ręki" skryby wymagało długich ćwiczeń.

Ze stojaka na pędzle w kształcie kolumny zwieńczonej palmowym liściem wyjął cienko zakończony trzcinowy kalamus. Eleganckim i precyzyjnym pismem skreślił fragment nauki Ptahhotepa na temat słuchania. Kiedy Setna pisał, nie zdawał sobie sprawy z upływającego czasu i nie odczuwał zmęczenia. Zajęcie to, łącząc w sobie działanie ręki i umysłu, dodawało mu energii. Kontynuował więc kopiowanie maksym mędrca, mimo że dawno już przekroczył wymaganą objętość.

Blask świtu przedostał się między szczebelkami okna i padł na jego papirus. Ależ to była krótka noc! Setna zwinął papirus, obwiązał go sznurkiem i napił się wody. Kiedy zamierzał położyć się przynajmniej na dwie godziny, do drzwi pomieszczenia ktoś zapukał. Skryba otworzył.

– O, już wstałeś. Tym lepiej! – zawołał podekscytowany Ched Wybawca. – Mam dla ciebie wspaniałą niespodziankę.

Setna nie mógł się oprzeć takiej żywiołowości. Ched zmierzał szybkim krokiem w kierunku dużych memfickich koszar i arsenału.

– Przydarzyło mi się coś niezwykłego!

– Mów, o co chodzi.

– Nie, przekonasz się na miejscu. Mówię ci, niesamowite.

Setna przywykł do zapalczywości przyjaciela z dzieciństwa, nigdy jednak nie widział go aż tak podnieconego. Minęli pierwszą poranną straż patrolującą ulice. Memfis było spokojnym wielonarodowym miastem. Z uwagi na stacjonujący tu duży garnizon wojska i skuteczną policję rzadko dochodziło w nim do przestępstw.

– No proszę! – zdziwił się Ched, zatrzymując się dziesięć kroków od prostego budynku, do którego wstępu strzegło czterech osiłków uzbrojonych we włócznie i krótkie miecze. Ich postura i pełne wrogości oblicza nie zachęcały do wdawania się w pogawędki.

– To zbrojownia – zauważył Setna. – Nie zmieniła się na pierwszy rzut oka.

– Ona nie, ale ja tak! Idziemy.

– Bez specjalnego pozwolenia nie wejdziemy.

– To zależy!

Ched ruszył do przodu, mimo że Setna próbował go powstrzymać.

– No chodź, mówię ci.

Strażnicy skłonili głowy.

– Jest ze mną Setna, syn króla.

Ku ogromnemu zaskoczeniu skryby czterej żołnierze się rozstąpili.

– Faraon mianował mnie zarządcą zbrojowni, wyobrażasz sobie! W wieku dziewiętnastu lat! Przydzielił mi mieszkanie służbowe, niedaleko, z dwuosobową służbą. Ledwie mogę w to uwierzyć! Chodź, zwiedzimy moją nową posiadłość!

Ched Wybawca pokazał Setnie włócznie, miecze, sztylety, łuki, proce, tarcze, hełmy i ochronne skórzane tuniki pokryte łuską z brązu.

– To tutaj trafiają i są wypróbowywane prototypy broni – wyjaśnił Ched. – Jeśli się sprawdzają, produkuje się więcej egzemplarzy, które są dostarczane do arsenału. Wielka odpowiedzialność, co?

– Piękny awans – przyznał Setna. – Zasłużyłeś na to, a król jak zawsze dotrzymał słowa.

Ched zrobił poważną minę.

– Trzeba by pomyśleć o twojej karierze, przyjacielu. Twój wyczyn ciągle jest na ustach wszystkich, armia na ciebie czeka.

– Wykorzystałem tylko szczęśliwy zbieg okoliczności i ani trochę nie ciągnie mnie do wojaczki. Czy mój brat Ramesu nie jest świetnym dowódcą?

Ched odwrócił wzrok.

– Dlaczego nie przyznasz mi racji?

– Na twoim miejscu miałbym się przed nim na baczności.

– Ma charakterek, ale ja mu w niczym nie przeszkadzam. Czyżbyś podawał w wątpliwość jego umiejętności i lojalność?

– Oczywiście że nie! Ale mimo wszystko bądź czujny. Ramesu nie znosi być w niczyim cieniu.

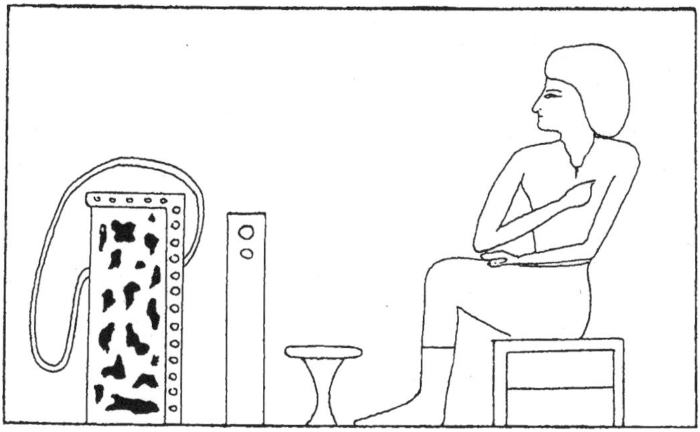

Skryba spoglądający na swoje przybory do pisania ze świadomością, że nazwa jego deszczułki oznacza „słyszeć i widzieć” (*Księga wychodzenia za dnia**, rozdział 94).

* Tak Egipcjanie nazywali *Księgę umarłych* (przyp. tłum.).

5

Przed wyruszeniem z Memfis do stolicy generał Ramesu poddał żołnierzy intensywnym ćwiczeniom, jakby przygotowywał ich do rychłej wojny. Uspokoił ich: służby wywiadu, dobrze rozlokowane w korytarzu syropalestyńskim, nie sygnalizowały żadnych ruchów po stronie Hetytów.

Pozorna cisza nie pocieszała jednak samego Ramesu. W przeciwieństwie do większości dowódców nie wierzył w trwały pokój. Hetyci nigdy nie zrezygnują z chęci podbicia Egiptu i zagarnięcia jego wielkich bogactw. Po klęsce, jaką ponieśli w bitwie pod Kadesz, zdawszy sobie sprawę z potęgi wojsk Ramzesa i jego determinacji, odbudowywali swoje siły i przygotowywali się do nowego ataku, zmasowanego i lepiej zorganizowanego.

Niestety faraon, pewny swej potęgi, zaprzątnięty był wyłącznie planami budów w Nubii, w której, wykazawszy się nieoczekiwaną odwagą, Setna zyskał sławę. Czyżby to był szczęśliwy traf? Ramesu sądził raczej, że oto wyszła na jaw ukryta skłonność jego brata. Setna, który ukrywał się w szatach skryby oddanego zgłębianiu starożytnych tekstów, nie mógł dłużej powstrzymywać zżerającej go ambicji. Tylko czekać, a zacznie się ubiegać o najwyższe stanowiska w armii i administracji i nie zawaha się wykorzystać najdrobniejszego potknięcia starszego brata.

Ramesu musi przekonać ojca, że tylko on jest zdolny zapewnić Egiptowi bezpieczeństwo. Szczęśliwie Setna był bardzo związany z Memfis, centrum gospodarczym Obu Krajów, i nie dostrzegał wiodącej roli nowej stolicy Pi-Ramzes. Która, jako że leżała w południowo-wschodniej części Delty, miała strategiczne znaczenie: w przypadku alarmu korpusy stacjonujące w dużych, wygodnych koszarach mogły natychmiast stanąć do walki. Poza tym w mieście mieszkała elita woźniców rydwanów.

Dziwny chłopak z tego Setny... Piękny, mocno zbudowany, o głębokim spojrzeniu, przystojny, według nauczycieli ponadprzeciętnie uzdolniony, młodzieniec, któremu wróżono sukces w każdej dziedzinie. Jak takiemu nie zazdrościć? Ramesu żywił wobec niego jednocześnie podziw i zazdrość. Istniała iskierka nadziei, że Setna skończy jako uczony zamknięty w swojej bibliotece. To, co się stało w Nubii, ujawniło jednak jeszcze jeden talent młodszego brata – odwagę w starciu z wrogiem. Czy poznawszy własną siłę, wyciągnie wnioski z tego wyczynu? Niektórzy podoficerowie nie lubili szorstkości Ramesu, preferując godzien starego wiarusa spokój Setny. A może przecenia zagrożenie? Lepsza nadgorliwość niż naiwność! Poprosi swoich zaufanych ludzi, by pilnowali Setny i donosili mu o jego krokach.

Kiedy Bezwłosy – dostojnik Domu Życia i srogi nauczyciel – wszedł do jego pokoju, Setna natychmiast się zerwał. Znany z obcesowości i surowego spojrzenia kapłan był bezlitosnym krytykiem i rzadko prawił komplementy.

– Mam nadzieję, że skończyłeś pracę?

Setna podał mu papirus.

Bezwłosy zdjął sznurek, rozwinął dokument i uważnie mu się przyjrzał.

– Kpisz sobie ze mnie?

Młodzieniec zbladł.

– Sprawdzałem, wydaje mi się, że nie ma żadnych błędów, ja...

– Fakt, że jesteś synem króla, nie upoważnia cię do żadnych przywilejów w zakresie kreślenia hieroglifów. Kazałem ci skopiować konkretny fragment, a ty zrobiłeś więcej, niż ci zleciłem. Wszelką przesadę należy tępić, to oznaka próżności. Uleganie tej wadzie zamknie przed tobą drzwi świątyni.

Setna stał w milczeniu z nietęgą miną.

– Poza tym jednym godnym pożałowania błędem – kontynuował Bezwłosy – twoja kopia jest znakomita i zostanie wykorzystana w szkole skrybów. Siadaj.

Uczeń wykonał polecenie.

– Opanowałeś już zwykłe pismo, które służy do redagowania świeckich tekstów i dokumentów urzędowych, ale nie znasz tajemnicy hieroglifów wyrytych na ścianach sanktuariów i miejsc wiekuistego spoczynku.

Setna powściągnął emocje. Czyżby miał wkroczyć w ten decydujący etap?

– Hieroglify to słowa i laski Boga – oświadczył Bezwłosy. – Jako słowa zawierają one tajemnice życia i stworzenia. Jako laski będą dla ciebie koniecznym wsparciem na drodze poznania. Każdy znak jest wyrazem którejś z boskich mocy i niesie jej energię. Hieroglify to prawdziwi ojcowie, ponieważ dzięki nim rodzisz się duchowo.

Setna słuchał nauczyciela z najwyższą uwagą i czuł, że jego serce rośnie. Symbolem serca był dzban, który powinna wypełniać szlachetność i prawość w myśleniu, a nie złe czyny.

– Wszystko jest hieroglifem – ciągnął Bezwłosy – każda forma życia jest literą naszego świętego alfabetu. Architektura, rzeźba i malarstwo są przejawami tego stwórczego pisma, które twoja ręka będzie musiała kreślić z całą precyzją, niczego nie pozostawiając przypadkowi. Nasze znaki nie są ornamentami, lecz językiem, który naucza życia we wszystkich jego wymiarach, przekraczającego nasze krótkie istnienia. Wielka piramida Cheopsa sama w sobie jest hieroglifem.

– *Mer* oznacza piramidę, ale *mer* to też miłość, kanał, dłuto stolarskie. Czy między tymi pojęciami istnieje jakiś związek?

Ku zdziwieniu skryby na ustach Bezwłosego pojawił się cień uśmiechu.

– Zaczynasz rozumieć... Piramida zbudowana za pomocą narzędzia jest kanałem, przez który przepływa niebiańska miłość, jeśli nie przestajemy wznosić siedzib dla bogów.

Odtąd hieroglify, których tysiące miał opanować Setna, nigdy nie były dla niego zwykłymi obrazkami. Przedstawiały zwierzęta, rośliny, ludzi, budowle i inne rzeczywistości, a święty język objawiał ich głębokie znaczenie.

– Długa i trudna droga poznania wymaga czujności i wytrwałości – mówił dalej Bezwłosy. – Przed tobą ciężkie próby. I powtarzam: status syna królewskiego nie daje ci żadnych przywilejów. W pałacu pozwoliłby ci wieść przyjemne życie. A życie kapłana jest surowe.

Nauczyciel właśnie wypowiedział magiczne słowo.

– Kapłana... Uważasz, panie, że się do tego nadaję?

– Czy zdajesz sobie sprawę, jakie to trudne i odpowiedzialne zajęcie?

– Myślę, że mam wystarczająco dużo siły, i pragnę służyć w świątyni.

– Niektórzy z moich współbraci są przekonani, że tak.

– A... A ty, panie?

– Być może niebawem zajmiemy się twoim przypadkiem. Tymczasem przestudiuj i skomentuj ten tekst. Zobaczymy, czy zaczynasz rozumieć boskie słowa.

Zaraz po wyjściu Bezwłosego Setna pochylił się nad liniami hieroglifów nakreślonych pewną ręką. Treść go zafascynowała: „Ja jestem światłem, ojcem bogiń i bogów; jestem tajemniczym ogniem światła, którego kształt pozostaje ukryty. Jednym krokiem przemierzam długość nieba, ziemia jest moim podnóżkiem. Światło ma na imię Życie. Karm się prawością, która jest jego spadkobierczynią".

Oczarowany tym objawieniem i zdecydowany posłuchać zawartej w nim rady Setna poczuł, że musi się przejść, by przemyśleć komentarz, jaki napisze. W drzwiach zderzył się z Chedem Wybawcą.

– Wyglądasz na zatroskanego, skrybo!

– Otrzymałem trudną pracę do wykonania.

– Zapomnij na chwilę o pracy! Dziś wieczorem organizuję wielkie przyjęcie z okazji mojej nominacji. Jesteś gościem honorowym!

– Przykro mi...

– No nie, nie wymiguj się! Będą najlepsze muzykantki w Memfis, tancerki tak piękne, że chciałoby się je schrupać, zamówiłem też pałacowego kucharza. Zarządca zbrojowni musi się pokazać! Twoja obecność jest obowiązkowa.

– Ched, wybacz mi, to niemożliwe.

Wybawca wyglądał na zakłopotanego.

– To nowe zadanie... Naprawdę jest takie ważne?

– Decydujące.

– Do tego stopnia, że nie masz nawet jednego wieczoru?

– Właśnie.

Ched podrapał się po brodzie.

– Martwisz mnie, przyjacielu. Nie zapominaj, że świat zewnętrzny istnieje i pełen jest ładnych dziewcząt! Znam kilka takich, które chętnie poślubiłyby syna Ramzesa, i nie omieszkałem zaprosić ich do mojego stołu. Wierz mi, najlepsze sztuki!

– Nie wątpię, ale jeszcze raz proszę, wybacz mi.

– Wygląda mi to na poważną sprawę... Cóż, życzę ci zatem powodzenia, przyjacielu.

Przed kapłanem spoczywa jego serce, którego symbolem jest zamknięty dzban. Nie chodzi tu o mięsień sercowy, ale o centrum istnienia, z którego wychodzą i do którego wracają kanały transportujące energię. Czym zostanie wypełniony ten dzban? Czy kiedy trafi przed sędziów zaświatów, okaże się wystarczająco lekki, nieobciążony winami ani innym balastem? (*Księga wychodzenia za dnia*, rozdział 17).

6

Osiemnastoletnia Sekhet, jedyna córka zamożnego dygnitarza, uchodząca za najpiękniejszą dziewczynę w Memfis, odrzuciła już wielu konkurentów. Kolejka ubiegających się o jej rękę wydawała się jednak nie mieć końca, podobnie jak ich głupie przemowy.

Jakież to szczęście obudzić się we własnym pokoju o świcie pięknego dnia. Rozkoszowała się spokojem panującym w sypialni. Wnętrze zdobiły skrzynie z drewna sykomory oraz okno wychodzące na duży ogród, w którym rosły palmy, akacje, głożyny i awokado. Od chwili przebudzenia obserwowała staw z kwiatami lotosu, otoczony narcyzami i chabrami. To miejsce było rajem na ziemi, a towarzystwo ojca, psów i kotów w zupełności jej wystarczało. Sekhet nie wyobrażała sobie, by mogła poślubić jakiegoś pretensjonalnego, tłustego prominenta, upajającego się własną wielkością i lubującego się w dworskich plotkach. Mężczyźni w jej wieku zaś wydawali jej się puści i dziecinni. Nie miała ochoty oddać się jak zdobycz w ręce jakiegoś myśliwego.

Ojciec na próżno usiłował ją przekonać, jakie to ważne, by dobrze wyszła za mąż. Od miesiąca sytuacja stała się poważna, bowiem generał Ramesu, starszy syn króla, dyskretnie wyraził zainteresowanie jej ręką. Jeśli jakiegoś gatunku mężczyzn Sekhet naprawdę nie znosiła, to byli nim właśnie wojskowi. W państwie faraonów ojciec nie mógł narzucić córce męża, niezależnie od stanu majątkowego rodziny. Ramesu nie podobał się Sekhet i nie zamierzała go poślubić.

Dziewczyna weszła do łazienki, gdzie każdego ranka zażywała kąpieli i masażu. Dwie służące – fryzjerka i makijażystka – z wielką wprawą zajmowały się swoją młodą panią. Przestronne jasne pomieszczenie zdobiły alabastrowe naczynia wypełnione po brzegi esencjami kwiatowymi. Dopóki służące nie polały jej nagiego ciała letnią wodą, Sekhet miała wrażenie, jakby kąpała się w zapachach.

Do wspaniałej łazienki przylegał bielony wapnem ustęp z kamiennym sedesem oraz sala do masażu wyłożona ogrzewanymi płytkami. Wprawne dłonie usunęły napięcie z jej mięśni, a następnie nałożyły na jej opalizującą skórę jaśminowy balsam.

– Wyglądasz na zmartwioną, pani – zauważyła fryzjerka, układając kosmyki przepięknych włosów o mahoniowym połysku.

– Czeka mnie ciężki dzień.

– Obiad w pałacu na zaproszenie generała Ramesu?

– Nie, tam się nie wybieram.

– Lekki makijaż?

– Tylko to, co konieczne.

Podczas gdy jej koleżanka zajmowała się manikiurem i pedikiurem, służąca obrysowała zieloną kreską kontur oczu swej pani, od wewnętrznych kącików aż do skroni. Kredka ta nie tylko podkreślała spojrzenie pięknych, uwodzicielskich oczu w kolorze głębokiej zieleni, ale także chroniła przed zakażeniami i zarazkami*.

– Ale chyba dać jakąś biżuterię?

– Tylko to, co konieczne.

Makijażystka odsunęła wieczko jednej z licznych szkatułek z naszyjnikami i bransoletami. Wytworna kobieta powinna podkreślać swoją pozycję! Sekhet, nieobecna myślami, nie zaprotestowała. Do naszyjnika z karneolu i bransolet z kości słoniowej służąca dołożyła jeszcze kolczyki z czerwonego jaspisu. To było naprawdę minimum.

– Przynieś mi, proszę, jakąś prostą, twarzową suknię.

– Najpierw szminka!

Walka nie miała sensu.

Nadeszła chwila weryfikacji – próba zwierciadła. Sekhet najbardziej lubiła doskonałe lustro z polerowanej miedzi w kształcie koła z rączką z pozłacanego drewna,

---

* Kredki te zawierały odrobinę laurionitu: chlorek ołowiu zapobiegał rozwojowi drobnoustrojów, chroniąc oczy przed zakażeniami.

symbol świateł rozjaśniających dzień i noc. Jego nazwa była synonimem słowa „życie".

– Zadowolona?

– Dziękuję ci za pracę.

– Lekki makijaż, a ty już wyglądasz olśniewająco, pani! Moim zdaniem w sam raz dla królewskiego syna...

Mroczne spojrzenie dziewczyny zamknęło makijażystce usta. Kobieta jednak nie miałaby nic przeciwko zatrudnieniu w pałacu, gdzie jej zarobki, i tak pokaźne, jeszcze by wzrosły. Trzecia służąca przyniosła śniadanie, które nazywano „toaletą ust". Składało się ono ze świeżego mleka, ciepłego chleba, miodowych ciastek i sezonowych owoców. Sekhet zadowoliła się łykiem aksamitnego płynu.

– Trzeba jeść, pani!

– Przepraszam, nie jestem głodna.

Śniadanie się nie zmarnuje, fryzjerka już się na nie cieszyła. Trzy służące odprowadziły dziewczynę wzrokiem, jak zwykle podziwiając jej lekki krok. Czyż nie nadaje się na królową? Odrzucić awanse generała Ramesu, cóż za szaleństwo!

Posiadłość Keku, zarządcy spichlerzy faraona, była jedną z największych w Memfis. W sercu ogrodu królował pałac liczący co najmniej trzydzieści pokoi. Otaczały go różne warsztaty, piekarnia, browar, kuchnie, spichrze, stajnie i woliera. W komfortowych białych domkach mieszkało dwustu pracowników z rodzinami. Dwie studnie zaopatrywały mieszkańców w wodę, a duży sad dostarczał im jabłek, fig, daktyli, granatów i chleba świętojańskiego. Ciężkie kiście winogron zapewniały przyjemny chłód w altanie i służyły do wyrobu doskonałej jakości wina.

Sekhet miała ochotę pobiec do basenu i trochę popływać. Chwile spędzone w wodzie dostarczały jej największej przyjemności. Wzywały ją jednak pilne obowiązki. Przeszła przez dużą salę bankietową, gdzie jej ojciec organizował wystawne przyjęcia, które zaszczycało swoją obecnością wielu dostojników. W sali uwijały się sprzątaczki, które myły ją na mokro, sąsiednie pomieszczenia sprzątali zamiatacze. Często przeprowadzane dezynfekcje zapewniały temu miejscu konieczną higienę, podstawę zdrowia prywatnego i publicznego, szczególny przedmiot troski króla.

Gdy Sekhet weszła do imponującego westybulu willi, na jej drodze stanął ojciec.

– Wyglądasz, jakbyś się bardzo śpieszyła, droga córko!

Postawny Keku, wdowiec od wielu lat, nie ożenił się ponownie. Był krzepkim, stanowczym pięćdziesięciolatkiem o siwiejących włosach i głęboko osadzonych małych, dociekliwych oczach. Ten znakomity człowiek interesu o uznanych zdolnościach przywódczych wywodził się z rodziny drobnych rolników i zbił fortunę dzięki ciężkiej pracy, tak że stał się jedną z ważnych osób w państwie. Wkrótce miał zostać ministrem gospodarki. Keku – czasem brutalny, innym razem czarujący – zawsze osiągał swoje cele. Podwładni czuli przed nim respekt i nie próbowali mu się przeciwstawiać. Wysokie pensje i dobre warunki sprawiały, że ludzie przepychali się, by móc u niego pracować.

– Dlaczego nie odpowiadasz?

– To prawda, śpieszę się.

– Nie zapomnij o proszonym obiedzie u generała Ramesu.

– Już mu wysłałam negatywną odpowiedź.

– To już jest nudne...

– Ojcze, nie cierpię tego wymuskanego fircyka!

– Ale on jest starszym synem Ramzesa Wielkiego i darzy cię wielkim szacunkiem.

– Puste pochlebstwa, żeby tylko mnie uwieść! A potem zająć się inną.

– Ramesu wie, że nikt, nawet on, nie ośmieli się traktować mojej córki w taki sposób.

Sekhet się uśmiechnęła.

– Szanujesz moje wybory i moją wolność, prawda?

– Gdyby tak nie było, czy byłbym godzien nazywać się twoim ojcem?

Uściskali się, a potem Sekhet się odsunęła.

– A co do tego obiadu... To ostatecznie odwołane? – spytał Keku.

– Ostatecznie! Chciałabym, żebyś mi wyświadczył pewną przysługę.

Dostojnik zmarszczył czoło.

– Jaką?

– Masz kontakty w pałacu. Użyj ich tak, żeby ten generał zrozumiał, że jego bitwa jest przegrana, i przestał mi się naprzykrzać.

Energicznym, pełnym gracji krokiem odeszła w swoją stronę.

Keku, przygnębiony, pokiwał głową. Nie było szans na rychłe zamążpójście jego córki.

Sekhet uderza sistrum, by odwrócić negatywne fale
(grobowiec Neferhotepa).

7

Sekhet skierowała się w stronę domku ukrytego w cieniu bujnych liści starej sykomory. Budynku, którego drzwi zaopatrzone były w drewniany zamek, pilnowano dzień i noc. Na widok dziewczyny uzbrojony w pałkę strażnik wstał i skłonił się.

Każde z nich użyło własnego klucza. Drzwi się otworzyły i Sekhet weszła do swojego laboratorium, jednego z najlepiej zaopatrzonych w Memfis. Na regałach stała imponująca liczba fiolek, dzbanów i słojów różnych rozmiarów. W naczyniach znajdowały się płyny, smarowidła, proszki, barwniki i inne substancje aktywne. Niektóre z nich były bardzo niebezpieczne i trudne w obróbce.

Sekhet od dziecka interesowała się sztuką leczenia oraz magią, która posługując się niewidzialnymi siłami leżącymi u podstaw wszelkiego życia, pozwala wpływać na koleje losu. Dlatego też została sługą straszliwej bogini Sechmet z głową lwicy. Posłańcy bogini karali zepsutą, zamkniętą na światło ludzką rasę śmiercią i chorobami.

Jednak Sechmet odsłaniała też przed swoimi uczniami tajemnice uzdrawiania.

Aby jej służyć, należało przejść surowe wtajemniczenie wymagające odwagi i wytężonej pracy. Gdy Sekhet miała szesnaście lat, nauczyciele wróżyli jej sromotną klęskę. Myśleli, że elegancka i delikatna córka bogacza nie będzie w stanie spojrzeć na pierwszego rannego, którego każą jej zbadać. Między zdanymi błyskotliwie egzaminami z teorii a rzeczywistością istniała przepaść, której dziewczyna miała nigdy nie przekroczyć. Nauczyciele jednak się mylili. Ich podopieczna w mniej niż rok pochłonęła traktaty z zakresu chirurgii, medycyny ogólnej i farmakologii, zapamiętując wszystkie istotne informacje, a potem ani drgnęła w konfrontacji ze straszliwą raną i otwartym złamaniem. Spokój, pewna ręka, precyzyjne ruchy, szybka interwencja i odpowiednie leczenie... Ku ogólnemu zaskoczeniu Sekhet szybko przerosła swoich mistrzów. Została więc wyniesiona do godności kapłanki Sechmet i objęła kierownictwo nad zespołem lekarzy i farmaceutów jej głównej świątyni w Memfis.

Dzięki fortunie ojca, który był ogromnie dumny z sukcesu córki, zdołała stworzyć własne laboratorium, gdzie prowadziła doświadczenia i opracowywała receptury nowych leków. Jej sława rosła i usługi Sekhet były coraz bardziej pożądane, ona jednak w żaden sposób nie faworyzowała zamożnych rodzin, jako jedyne kryterium pierwszeństwa stosując powagę przypadku.

Poproszono ją o oczyszczenie pewnego domu, który nękały demony. Wybrała dwa alabastrowe naczynia, na których wyryto postaci dobrych bóstw: Besa przedstawionego jako wesołego, brodatego skrzata oraz Taweret – hipopotamicy, którą podpisywano hieroglifem o znaczeniu „opieka". Dziewczyna ostrożnie umieściła oba dzbany w małej skórzanej torbie, wyszła z laboratorium i wraz ze strażnikiem zamknęła drzwi.

Ruszyła aleją wiodącą ku monumentalnej bramie, przy której czekała na nią lektyka. Jej uszu dobiegły jakieś krzyki. Zarządca dóbr właśnie udzielał reprymendy strażnikowi, który niewybaczalnie spóźnił się na swoją wartę. Stary naprawdę nikomu nie pobłażał. Skruszony winowajca obiecał, że drugi raz nie popełni tego błędu. Okazując niespotykaną wyrozumiałość, Stary udzielił mu ostatniego napomnienia i zgodził się dać jeszcze jedną szansę.

Sekhet czuła głębokie przywiązanie do zarządcy, któremu tak bardzo zależało na dobrym funkcjonowaniu domu, że odmawiał sobie snu i często rezygnował z wolnego dnia. Stary był perfekcjonistą. Tropił kłamców, oszustów i obiboków. Według niego najwyższą wartość stanowiła doskonale wykonana praca, a lenistwo było niewybaczalnym grzechem.

Jako uzdrowicielka Sekhet potępiała zwyczaje żywieniowe zarządcy oraz przekraczającą granice rozsądku ilość wina, jaką wypijał. Swoją drogą jego zdrowie bynajmniej nie cierpiało na tej diecie, a energią mógłby obdzielić kilka osób. Wykańczał młodych zuchów, którzy nie mogli za nim nadążyć. W razie choroby Stary rezygnował z białego wina i pił mocne czerwone, które stawiało go na nogi. A podczas silnych upałów robił sobie małą sjestę, dzięki czemu zawsze odzyskiwał dobre samopoczucie. Od rana do wieczora biegając z jednego miejsca posiadłości w drugie, sprawdzał jakość wyprodukowanej żywności i przedmiotów wykonywanych w warsztatach, łajał ogrodników przysypiających w cieniu palm, pilnował jak najlepszego traktowania zwierząt i czystości w pomieszczeniach. Zarządca nigdy nie odpuszczał i jego wytrwałość budziła szacunek.

– Nie bądź zbyt surowy – napomniała go Sekhet.

– Jeśli im poluzuję, wystarczy chwila, by zapanował chaos! Człowiek jest jak skrzywiony kij, który trzeba bez przerwy prostować. Nieświadomość tego faktu prowadzi do katastrofy, a ty, pani, mimo młodego wieku wiesz o tym lepiej ode mnie!

Kapłanka bogini-lwicy nie oponowała.

– Wybierasz się na bitwę z demonami? – zapytał Stary.

– Nawiedzony dom. Mieszkańcy są w panice.

– Uważaj... Niektóre duchy są straszne!

– Wyglądasz na zmartwionego, nawet bardzo. To coś poważnego?

– Codzienne troski. Do zobaczenia wieczorem i pamiętaj, bądź ostrożna.

Sekhet była zaniepokojona. Stary wbrew swojemu

zwyczajowi nie powiedział jej prawdy i to ją zaskoczyło. Żyli w tak wielkiej przyjaźni, że nie ukrywali przed sobą zmartwień, a zwykła rozmowa o tym, co ich gnębi, przynosiła obojgu ulgę. A teraz Stary milczał. Musiał mieć po temu ważny powód. Stroskana wsiadła do lektyki.

Czarownik się upewnił, że nie jest śledzony. Choć nikt go o nic nie podejrzewał, mężczyzna wystrzegał się ewentualnych ciekawskich, których mógł zdziwić widok obcego zapuszczającego się w to dzikie miejsce, oddalone od upraw i ludzkich siedzib.

Zasłona z wysokich na sześć metrów trzcin maskowała ścieżkę prowadzącą do drewnianej chatki otoczonej trawami, niewidocznej nawet dla przewoźników i rybaków. Na progu leżały trupy węży, ptaków i gryzoni. Czarownik zostawił przed wejściem truciznę, która skutecznie strzegła jego własności przed wszelkimi intruzami. Człowiek, który by na nią nadepnął, nie pożyłby długo.

To tutaj, przeprowadzając doświadczenie za doświadczeniem, czasem nawet ryzykując życie, posiadł czarnoksięską sztukę. Ponieważ wyniki eksperymentów zadowalały go tylko częściowo, był już bliski zniechęcenia. Nagle jednak odniósł spektakularny sukces, gdy podarował pewnej służącej dworu faraona zaczarowaną suknię. Obiecujący efekt zachęcił go do kontynuacji. Dzięki kawałkowi tkaniny pochodzącemu z tej sukni mag znał myśli kobiety i widział to, co widziały jej oczy. Przechodził wraz z nią od pomieszczenia do pomieszczenia, odkrywając część królewskiej posiadłości w Memfis. Liczył, że dziś znowu posunie się do przodu.

Otworzył skrzypiące drzwi chatki. Na podłodze leżała kamienna figurka przebita długą igłą. Gdyby jakiś ciekawski pokonał jednak śmiertelną zaporę, z drugiej pułapki nie uszedłby już cało. Igła wystrzeliłaby z figurki, trafiając go w gardło. Czarownik rozwinął papirus pokryty zdeformowanymi hieroglifami spisanymi czerwonym atramentem. Czytając na głos, przeklął faraona, jego rodzinę i stolicę. Władca jest tak skutecznie chroniony, że planowany zamach nie przyniesie poważnych skutków, ale wystarczy, by go zaniepokoić. On zaś zyska większy dostęp do informacji, posługując się za plecami Ramzesa nowym współpracownikiem z jego otoczenia. Pozna w ten sposób decyzje i zamiary króla, co będzie zasadniczym atutem w walce, która poprowadzi go do zwycięstwa. Podejmując te działania, nie tracił z oczu sprawy absolutnie priorytetowej: nie pozwolić, by ktokolwiek wszedł w posiadanie zapieczętowanego dzbana, który był teraz jego własnością i najpotężniejszą bronią. Od czasów pierwszej dynastii dzban strzegł tajemnicy życia; teraz, dzięki interwencji maga, siał śmierć.

Bransoleta, która przez miesiąc chłonęła wyziewy pochodzące z kilkudziesięciu czarek wypełnionych trującymi wyciągami z roślin, była gotowa do użycia. Mag był zadowolony z tego arcydziełka. Dostojnik, który założy je na rękę, stanie się doskonałym informatorem. Powywracał czarki, rozbił figurkę i wyszedł, nie zamykając drzwi. Już nie potrzebował tej pracowni. Nauczył się tu wiele dzięki swoim błędom i wątpliwościom. Teraz, gdy jest już mistrzem w swej sztuce, zdolnym rozkazywać najbardziej niszczycielskim siłom, poszuka sobie innego lokum, bardziej odpowiadającego jego ambicjom. Nikt też nie odkryje miejsca, w którym ukrył zapieczętowany dzban.

Czarownik używa swoich mocy ukrytych pod postacią noży (*Księga wychodzenia za dnia*, rozdział 182).

8

Małżeństwo młodych wieśniaków, dwójka dzieci, niewielki dom na skraju pustyni. Przedsionek poświęcony przodkom, jadalnia, trzy pokoje na piętrze, piwnica, kuchnia na zewnątrz, urządzenia sanitarne. Wszystko czyste i przytulne. Od dwóch miesięcy jednak rodzina nie mogła spać. Każdej nocy kilka razy skrzypiały meble, ściany wilgotniały, a w powietrzu wewnątrz domu unosiły się dziwne smugi. Mieszkańcy żyli w strachu.

Matka uściskała dłonie Sekhet.

– Błagam, pani, pomóż nam! Jesteśmy wykończeni, zaczynamy odchodzić od zmysłów. Jeśli te ataki nadal będą się powtarzać, będziemy zmuszeni opuścić nasz dom. Ale dokąd tu iść?

– Walka nie jest jeszcze przegrana – uspokoiła ją kapłanka Sechmet. – Najpierw muszę zbadać każdy centymetr twojego domu.

– Oczywiście!

– Czy macie z mężem jakichś wrogów?

Kobieta się zamyśliła.

– Miałam przyjaciółkę z dzieciństwa, która chciała zostać jego żoną. Ponieważ kręciła się zbyt blisko, interweniowałam. Poróżniłyśmy się na śmierć i życie.

– Czy ona uprawia magię?

– Ona nie. Ale podobno jej niedawno zmarła matka korzystała z usług jakiegoś wędrownego czarownika.

– Czy w ostatnich tygodniach z twojego domu coś zginęło?

– Nie... A, tak! Dostawca piwa ukradł nam zużytą matę. Uznałam, że nie warto składać skargi.

– Gdzie leżała?

– Na podłodze w piwnicy.

Sekhet od razu dokonała inspekcji i wkrótce poczuła niepokój. Na pierwszy rzut oka wszystko wyglądało normalnie. Jednak sprawdzając korki dzbanów z piwem, zauważyła, że jeden z nich zrobiony jest z brudnego materiału oblepionego źdźbłami ostrych traw i skrawkami maty. Zawinąwszy dzban w grubą tkaninę, wyniosła go na zewnątrz i postawiła w słońcu. Z korka uniosła się mdląca woń, dzban eksplodował i ze środka wylał się jakiś czarny płyn. Przerażeni członkowie rodziny zbili się w ciasną gromadkę.

– Urok został zdjęty – oświadczyła Sekhet. – Konieczne są jednak pewne środki ostrożności, by usunąć jego ślady. Wyjmijcie wszystkie maty i poduszki i wystawcie je na słońce aż do wieczora.

Kapłanka weszła do przedsionka i postawiła tam figurkę wesołego Besa grającego na harfie. Wibracje strun instrumentu miały rozpraszać szkodliwe wyziewy.

– Nie będziecie więcej niepokojeni – obiecała uzdrowicielka.

– Ratujesz nam życie! – zawołała matka. – Ile się należy?

– Wasza ulga to dla mnie wystarczająca zapłata.

– Nie zgadzam się, ja...

– Nie jesteście bogaci, macie małe dzieci. Zapomnijcie o tym, co było, i bądźcie szczęśliwi – powiedziała dziewczyna, wsiadając do lektyki. Czekali na nią chorzy.

Zapadał wieczór, wiał łagodny, orzeźwiający wiatr z północy, który zwiastował ludziom i zwierzętom odpoczynek. O tej porze piło się lekkie piwo lub różowe wino na pobudzenie apetytu. Stary, nie mogąc się zdecydować, nalał sobie jednego i drugiego. Był bardzo spragniony po nieoczekiwanym splocie niemiłych zdarzeń: opóźnienie w dostawie, niegroźny wypadek w pracowni stolarskiej, popsute narzędzia, leniwy ogrodnik. Najwyższy czas, by się napić.

Siedząc na brzegu stawu, zobaczył Sekhet, jak zwykle piękną i powabną. Na jej twarzy widać było cień zmęczenia.

– Chętnie napiłabym się wina – poprosiła, przysiadając się do zarządcy.

– Ciężki dzień?

– Chora, której nikt nie jest w stanie uleczyć. Mogę tylko uśmierzyć jej ból.

– Nigdy nie przyzwyczaisz się do śmierci, pani – stwierdził Stary. Napełnił puchar i podał go Sekhet. – Nie ma sensu próbować się uodpornić. Nawet ja nie mogę do niej przywyknąć. Wypijmy więc!

Chłodne i musujące różowe wino działało cuda. Stary czuł, jak z każdym łykiem odzyskuje energię.

– Co cię tak trapi? – zapytała dziewczyna.

– Mam różne problemy. Ale daję radę.

– Nie mam na myśli codziennych kłopotów. Chyba chodzi o coś poważnego.

– Ja wszystko traktuję poważnie, bo nawet błaha sprawa może mieć niebezpieczne skutki.

– Znamy się dobrze i szanujemy – przypomniała mu Sekhet. – Nie mówisz mi prawdy.

– Prawda... Winna być naszym codziennym pokarmem. Bez niej szczęście jest niemożliwe.

– Więc powiedz mi, o co chodzi!

– Czyż wieczór nie jest upojny? Trzeba się nauczyć smakować takie chwile.

Sekhet zrozumiała, że Stary postanowił milczeć, i to zaskakujące zachowanie jeszcze bardziej ją zaniepokoiło. Czyżby jego tajemnica była tak bardzo niebezpieczna?

Żołnierze piechoty przemaszerowali w nienagannym szyku. Nowe mundury, okazałe tarcze, włócznie o lśniących w słońcu brązowych grotach. Potem pozycje zajęli łucznicy, którzy natychmiast wypuścili strzały. Żadna nie chybiła celu.

– Coś wspaniałego – przyznał Keku, który siedział po lewicy Ramesu w rydwanie generała zaprzężonym w dwa piękne gniade konie.

– Kładę duży nacisk na dyscyplinę i intensywne ćwiczenia – oświadczył starszy syn króla, dumny ze swoich żołnierzy. – Ostatnimi czasy garnizon w Memfis zaczął się rozleniwiać. Uciąłem to. Ostatnia kampania w Nubii była pouczająca. W starciu z brutalnym i sprytnym wrogiem najdrobniejszy błąd może przynieść fatalne konsekwencje.

– Czy tamte plemiona wciąż nam zagrażają, książę?

– Tym razem zrozumiały lekcję! Faraon wybuduje w Nubii kilka sanktuariów i dobrobyt stłumi buntownicze zapędy. Nie zmniejszam jednak obsady w fortecach, a nasi żołnierze wciąż są czujni. Nie zapominam też ani o Libijczykach na zachodzie, ani o Hetytach na północnym wschodzie, którzy wciąż są gotowi zaatakować Egipt od strony korytarza syropalestyńskiego. Możesz mi wierzyć, panie, trafią na godnych przeciwników!

Po skończonym pokazie dostojnicy zeszli z rydwanu. Adiutant polowy podstawił im składane krzesła, a podczaszy podał puchary z piwem.

– Mój ojciec docenia efekty twojej pracy – oświadczył generał. – Wkrótce zostaniesz powołany na stanowisko ministra gospodarki.

Zarządca królewskich spichlerzy skłonił głowę.

– Czy to nie jest prawdziwe szczęście: móc służyć swojemu krajowi?

– Istnieje jedno szczęście, do którego nie mam dostępu – poskarżył się Ramesu. – Postawa twojej córki mnie rani.

– Proszę, wybacz jej. Sekhet jest młoda i impulsywna, ma silny charakter i nawet ja, jej ojciec, często nie potrafię przywołać jej do rozsądku.

– Niestety w Egipcie nie można rozkazywać kobiecie! – narzekał generał. – Gdzie indziej musiałaby mnie poślubić. Nie chciałaby zamieszkać na dworze faraona?

– Oczywiście, że tak! Czas będzie działał na twoją korzyść, a najlepszą bronią jest cierpliwość. Sekhet jest inteligentna, w końcu się przekona.

– Oby bogowie cię usłyszeli!

– Możesz być tego pewien, użyję całego mojego wpływu.

– Jestem ci ogromnie wdzięczny, Keku.

Zarządca królewskich spichlerzy wyjął z kieszeni tuniki misternie wykonaną szkatułkę z sykomory.

– Pozwól, że ofiaruję ci skromny upominek.

Ramesu, zaintrygowany, otworzył pudełeczko. Jego oczom ukazała się miedziana bransoleta.

– Pracownia jubilerska wykonała ją dla mnie – przyznał się Keku – sądzę jednak, iż jest tak piękna, że bardziej nadaje się dla księcia.

Generał włożył bransoletę na lewy nadgarstek. Klamerka działała bez zarzutu.

– Przyjmę ją na znak przypieczętowania naszej przyjaźni.

Keku wstał i skłonił głowę.

– Jestem prawdziwie wzruszony tym zaszczytem.

9

Świątynia boga Ptaha, „Stworzyciela", była najokazalszym sanktuarium Memfis*. Wykonane z pozłacanego drewna drzwi ogromnej budowli lśniły w słońcu. Wstępu na teren boskiej posiadłości strzegły dwa olbrzymie posągi Ramzesa zbudowane na początku jego panowania. Nieopodal wznosiła się świątynia małżonki Ptaha, bogini-lwicy Sechmet, patronki uzdrowicieli, którą kapłani każdego dnia musieli obłaskawiać, by zyskać jej życzliwość i nie ściągnąć na siebie jej niszczycielskich płomieni. Czyż nie była strażniczką tajemnicy zdrowia i panowania nad żywiołami?

Tego wieczoru zwołano wszystkich kapłanów i kapłanki, by przygotowali obrzędy odżegnujące niebezpieczeństwa kończącego się roku i zapewniające dobry początek nowego. Przez pięć dni wysłannicy Sechmet będą napadać na Oba Kraje, by siać w nich nieszczęścia i choroby. Kapłani mieli ich odeprzeć i zapobiec klęsce.

---

* Hut-ka-Ptah, siedziba stwórczej mocy Ptaha.

To ostatnie spotkanie było okazją do ponownego odczytania starożytnych, wypełnionych magią tekstów oraz sporządzenia spisu przedmiotów niezbędnych do ceremonii. Przełożona świątyni wyrecytowała słowa mocy, obudziła ogień przed bazaltowym posągiem Sechmet przedstawionej w postaci siedzącej kobiety z głową lwicy i poprosiła ją o wsparcie dla świętych czynności jej wiernych.

Sekhet uczestniczyła w uroczystości z całym zaangażowaniem, ale kiedy jej towarzyszki się rozeszły, ogarnął ją niepokój. Jakiż to sekret skrywa przed nią Stary?

– Coś cię martwi? – zapytała przełożona, żwawa siedemdziesięciolatka o bystrym umyśle.

Nie było sensu kłamać, kobieta czytała w myślach i nie znosiła wykrętów.

– Wyczuwam jakieś niebezpieczeństwo, ale nie znam jego natury.

– Wniknij głębiej w poznanie twojej bogini, a zyskasz zdolność jasnego widzenia.

– Czy mogę zostać na noc w świątyni? Chciałabym pomedytować.

Przełożona zaprowadziła dziewczynę do kapliczki, którą oświetlała tylko jedna lampa. Panujący tam spokój rozwiał obawy Sekhet. Ściany pokrywały hieroglificzne receptury na rozmaite lekarstwa. Młoda uzdrowicielka przyswajała sobie jedną po drugiej, szczęśliwa, że może pogłębić wiedzę.

Nagle przez okienko w sklepieniu wpadł promień księżycowego światła. Jego srebrzysty blask zdawał się kreślić jakieś znaki. Sekhet zdołała je odczytać: „Nauczanie sztuki medyka. Słuchaj głosu swego serca, rozpoznawaj drogi energii...". Dalszy ciąg układał się w prawdziwą księgę! Przez całą noc pojawiały się kolejne zdania opisujące choroby i sposoby ich leczenia. Kiedy srebrzysty blask zastąpił pierwszy promień wschodzącego słońca, na posadzce kaplicy zamiast liter leżał bezcenny papirus. Nie śmiąc go dotknąć, Sekhet poszła do przełożonej i opisała jej cudowne zjawisko. Stara kapłanka przyjrzała się dokumentowi.

– Ten nowy podręcznik medycyny należy do ciebie – oświadczyła. – Zabierz go i znajdź najwyższych lotów skrybę, żeby wykonał kopie, które zostaną ofiarowane głównym świątyniom. Sekhet, mówią do ciebie bogowie. To wielki przywilej, ale i niebezpieczeństwo. Musisz się okazać godna swojej roli i nie ustępować wobec zewu ciemności. Pamiętaj, że nasza czcigodna patronka, lwica Sechmet, zwana jest „Straszliwą".

W nocy Setna przepisał pierwszą część *Nauk Imhotepa*, twórcy piramidy schodkowej w Sakkarze, pierwszej olbrzymiej budowli z kamiennych bloków. Mędrzec zalecał w nim cześć dla Przodków i uważne wsłuchiwanie się w słowo bogów, objawione w tysiącu i jednej żywych postaci, począwszy od gwiazd tworzących ciało bogini Nut aż po kłos zboża, dowód na zmartwychwstanie Ozyrysa.

Książę skończył pracę i dysponował już wystarczająco dużą ilością papirusu i deszczułek, by zanieść wszystko do szkoły przy świątyni Ptaha. Spakował cztery skórzane torby: jedną za pomocą rzemieni umieścił sobie na plecach, drugą przewiesił z przodu, a trzecią i czwartą chwycił w ręce. W znajdującej się niedaleko domu placówce pocztowej zamierzał wypożyczyć osła. Wszyscy czworonożni listonosze byli jednak zajęci, więc skryba, obładowany jak muł, sam zajął się transportem. Poranek był wyjątkowo gorący i uciążliwości drogi bardzo dawały się Setnie we znaki.

Zbliżając się do świątyni Sechmet, pomyślał o kapłankach, które przez pięć dni trudziły się przy odpędzaniu złych mocy. Nadchodził początek nowego roku oraz wyczekiwany wylew Nilu, który czasem okazywał się niszczycielski, a czasem niewystarczający. Od początku panowania Ramzesa poziom wylewów co roku był doskonały, co oznaczało dla kraju obfitość i pomyślność. Faraon oddawał cześć bogom, łączył się duchowo z Hapim, bóstwem odpowiedzialnym za dynamikę rzeki, i składał ofiary, moce z zaświatów zaś wynagradzały lud swoimi dobrodziejstwami. Egipcjanie kochali króla, uważając go za sprawnego zarządcę godnego piastowania najwyższego urzędu. Bez tego uznania głębokiej więzi kraj popadłby w ruinę.

Nagle ją zobaczył. Młodą kobietę poruszającą się dostojnym krokiem, o promiennej twarzy, smukłych biodrach i palcach przypominających pąki lotosu.

Piękność.

Widział ją po raz pierwszy w życiu i był oszołomiony.

I wtedy zdarzył się wypadek: rzemień torby, którą miał na plecach, zerwał się, torba upadła na ziemię, a jej zawartość się rozsypała. Skonsternowany Setna wypuścił pozostałe pakunki, które spotkał ten sam los. Czerwony ze wstydu, usiłował pozbierać porozrzucane papirusy i deszczułki. Jego starania powitał wybuch śmiechu.

– Przepraszam – odezwała się Sekhet – nie mogłam się powstrzymać. Wydaje mi się, że jesteś za bardzo obładowany. Czy przyjmiesz moją pomoc?

– Tak, tak...

Jak tu na nią nie patrzeć? Jej ruchy były kwintesencją wdzięku, a w dodatku miała czarujący głos. Setna niezdarnie próbował zebrać jak najwięcej papirusów. Sekhet, mniej nerwowa, okazała się skuteczniejsza. W przelocie przeczytała kilka linijek.

– Fragmenty *Nauk* – zauważyła. – Skopiowałeś je własnoręcznie?

Powiedzieć jej, że jest tylko doręczycielem? Setna nie ośmielił się skłamać.

– To mój zawód – mruknął.

– Piękna robota! Dla kogo są przeznaczone?

– Dla szkoły przy świątyni Ptaha.

– Ach tak, jesteś nauczycielem!

– O nie, jeszcze nie!

Sekhet jeszcze raz uważnie obejrzała papirus.

– Zważywszy na jakość pisma, wkrótce nim zostaniesz.

– Muszę się jeszcze wiele nauczyć! – odparł Setna i zdenerwowany upychał zwoje do toreb.

– Bez pośpiechu – doradziła mu młoda kobieta. – Szkoda byłoby je uszkodzić.

Skryba zwolnił.

– A ty musisz być... co najmniej kapłanką!

– Jestem zwykłą sługą Sechmet. Mam na imię Sekhet, mój ojciec to Keku.

– Nadzorca królewskich spichlerzy?

– Właśnie.

– I... jesteś uzdrowicielką?

– Tak, staram się leczyć.

– To wielkie zadanie!

– Przede wszystkim trudne. Chciałabym móc uratować wszystkich moich pacjentów, ale trzeba się pogodzić z tym, co nieuchronne.

– Ja miałbym do ciebie pełne zaufanie! – Setna znowu się zaczerwienił. Nie powinien wyrażać się w ten sposób! Czym prędzej się oddalił, obładowany swoimi torbami.

Dziwny chłopak, pomyślała Sekhet. Nieśmiały, niezdarny, szczery i czarujący. Czuła niezwykłe poruszenie i żałowała, że nie przeciągnęła tej niewinnej pogawędki. Zwykły incydent, o którym szybko się zapomina. Czy to spotkanie nie było jednak znakiem od losu? Sekhet dogoniła skrybę.

– Czy zgodziłbyś się coś dla mnie zrobić?

– Oczywiście – odpowiedział Setna. – Jeśli tylko potrafię.

– Nie mam co do tego najmniejszych wątpliwości. Chodzi o sporządzenie kopii bardzo ważnego tekstu medycznego.

Skryba postawił torby.

– Wykonam je najszybciej, jak to będzie możliwe – obiecał.

Sechmet, kobieta z głową lwicy, zwana jest „Straszliwą". Może siać zło, ale jest także patronką lekarzy (za Champollionem).

10

Mimo że torby były ciężkie, Setna żwawo ruszył z miejsca. Wyglądało na to, że bardzo mu zależy na wywiązaniu się ze zobowiązań. Młoda kobieta była poruszona jego pośpiechem. Zapomniałam zapytać, jak mu na imię! – zdziwiła się w duchu. Nieważne. Będzie wiedziała, jak go znaleźć.

– Cóż za zabawne spotkanie – rozległ się czyjś niski głos.

Sekhet się odwróciła.

– Ojcze! Wszystko widziałeś?

– Nadzorowałem dostawę zboża dla świątyni Ptaha.

– Wydarzył się cud. Światło księżyca napisało traktat medyczny, a przełożona kapłanek Sechmet mi go podarowała. Powierzyłam wykonanie kopii temu skrybie. Wygląda na niezdarnego, ale ma doskonałą rękę.

– A więc, droga córko, światło nocy obdarowało cię swymi dobrodziejstwami. Bądź pewna mojego podziwu.

– Muszę się jeszcze wiele nauczyć, by na niego zasłużyć! Ten tekst objawił przede mną wiele nowych leków.

– Wiesz, z kim rozmawiałaś?

– Przedstawiłam się, ale nie zapytałam, jak on ma na imię – wyznała Sekhet.

– Ten niezdarny skryba to Setna, syn Ramzesa Wielkiego i Isetnofret, młodszy brat generała Ramesu.

Młoda kobieta nie potrafiła ukryć zaskoczenia.

– I sam nosi swoje torby?

– To dziwak pozbawiony ambicji. Zamiast robić karierę wojskową albo pełnić urząd na dworze w stolicy, woli siedzieć w Memfis i słuchać nauk uczonych ze świątyni Ptaha. Ale jego bohaterskie zachowanie podczas ostatniej kampanii w Nubii przysporzyło mu sympatii wielu dostojników. Czyżby Setna coś knuł? Ramesu jest zaniepokojony.

– Naprawdę wyobrażasz sobie tego młodego skrybę w generalskim mundurze?

– Niektórzy ludzie to urodzeni oszuści. Nie bądź naiwna i miej się na baczności.

– Znowu spotkałeś się z Ramesu?

– Popiera moją nominację na stanowisko ministra gospodarki, ale ubolewa, że tak źle go traktujesz. Jeśli się dowie, że zawarłaś znajomość z jego bratem, nie omieszka dać wyrazu swemu niezadowoleniu.

– Ale ja poprosiłam Setnę tylko o prostą pracę kopisty!

– Nie wyrzucam ci tego. Ale wiedz, że Ramesu gorąco pragnie cię poślubić.

– Wiesz, jaka jest moja odpowiedź.

– Jesteś wybitna i inteligentna, zastaniesz przełożoną wszystkich lekarzy w królestwie, pod warunkiem że zgodzisz się na pewne ustępstwa.

– Na to ustępstwo się nie zgodzę, ojcze.

Keku ucałował córkę.

– Porozmawiamy o tym później. Teraz muszę się upewnić, że nie było problemów z dostawą. Nadzorcy świątyni Ptaha są drobiazgowi.

Sekhet zatopiła się we własnych myślach. Setna, syn Ramzesa, jest taki prosty, taki pokorny... A zresztą, jakie to ma znaczenie? Zwykłe spotkanie, zlecenie do wykonania, to wszystko. Skryba odda jej kopie, ona przekaże je świątyniom i nie będą mieć więcej okazji do spotkań. Znowu poczuła niepokój: dlaczego Stary coś przed nią ukrywa? Była pewna, że za tym upartym milczeniem kryje się jakiś dramat. Sekhet chciała poznać jego naturę.

Zapewnienie bezpieczeństwa wielkiej memfickiej nekropolii nie było błahą sprawą. Sfinks, piramidy w Gizie, w Sakkarze, liczne miejsca pochówku dostojników kryjące bezcenne skarby. Resi, choć pochodził z rodziny stolarzy, zdecydował się wstąpić do oddziału policji zajmującego się ochroną świętych miejsc. Wrodzona rozwaga zapewniła mu szybki awans, który jeszcze przyśpieszyła śmierć dwóch stojących wyżej w hierarchii dowódców. Krzepki czterdziestolatek miał teraz pod sobą dwustu ludzi – odpowiednią liczbę, która umożliwiała mu poprawne wywiązywanie się ze swoich obowiązków.

Obecność sług *ka*, których zadaniem była troska o kult nieśmiertelnych dusz faraonów złotego wieku, była niezbędna, ponieważ sygnalizowali oni Resiemu najdrobniejsze nieprawidłowości.

Spokój tych miejsc był sprawą najwyższej wagi. Z zabytkowych budowli emanowała moc, która była gwarantem stabilności państwa. To bijące w zaświatach źródło ożywiało faraona i jego lud. Resi i jego podwładni byli świadomi, że nie wypełniają zwykłego obowiązku utrzymania porządku, ale w pełnym znaczeniu tego słowa świętą misję. Co ranka, o świcie, strażnicy z nocnej służby składali raport, po czym następowała zmiana warty oraz kontrola stanu liczebnego. Każda nieobecność musiała być usprawiedliwiona: łamiących tę zasadę czekała kara, z natychmiastowym zwolnieniem włącznie.

Dzień był na pozór zwyczajny. Nowe słońce – zwycięzca ciemności – rzucało pierwszy blask na Memfis. Budynki administracyjne znajdowały się na skraju pustyni, w pobliżu gaju palmowego, ogrodu warzywnego i sadu. Panował tu nienaganny porządek, a regulaminu przestrzegano w najdrobniejszych szczegółach.

Resi osobiście odbierał raporty i sporządzał notatki, które umieszczał w archiwach. W razie jakiegokolwiek incydentu udawał się na miejsce i podejmował odpowiednie kroki. Wielokrotnie sygnalizował, że niektóre piramidy wymagają napraw, decyzja w tej kwestii nie należała jednak do niego.

Największym zagrożeniem był atak spragnionych krwi

duchów pustyni, zwłaszcza gryfa i skrzydlatej pantery. Strażnicy byli więc wyposażeni we włócznie, łuki i strzały, a także odstraszające amulety. Wraz ze zbliżającym się nowym rokiem ze swych kryjówek mogły wyjść inne potwory. Resi zapobiegliwie rozstawił na stanowiskach maksymalną liczbę doświadczonych wartowników.

Strażnicy, którym śpieszno było położyć się spać, kolejno stawiali się przed dowódcą. Wszyscy z tym samym raportem: nic do zgłoszenia.

Resi zamierzał właśnie wypić puchar mleka, kiedy sprawdzając rozkład wart, zauważył, że brakuje czterech policjantów. Uświadomiwszy sobie, do jakiego miejsca byli przydzieleni, zadrżał: wschodnia brama nekropolii, a dokładniej okolice przeklętego grobowca! Może chodzi o zwykłe spóźnienie.

Odczekał dobrą godzinę, z chwili na chwilę coraz bardziej się denerwując. Nie było wątpliwości: coś musiało się stać.

– Dziesięciu ludzi ze mną – rozkazał. – Sprawdźcie broń.

Szybkim krokiem dotarli do celu. Pustynia, wydmy, grobowiec o płaskim dachu. Nie śpiewał tu żaden ptak, a powietrze było nieruchome.

– Gdzie nasi towarzysze? – zaniepokoił się jeden z policjantów.

– Wejście do grobowca znajduje się od północy. Pięciu z was obejdzie budynek z lewej strony, pięciu z prawej. Ruszajcie!

Niepewnie wykonali rozkaz.

Przy zachodniej fasadzie grobowca leżały – rzucone na stos – ciała ich kolegów. Ku zaskoczeniu Resiego na zwłokach nie było widać żadnych obrażeń. Po walce z potworami na pewno zostałyby jakieś ślady. Wstrząśnięci policjanci ułożyli ciała jedno przy drugim. Na twarzach zmarłych malował się paniczny strach.

– Panie, tutaj!

Przed wejściem zobaczyli zwęglone kości. Przyjrzawszy się im, Resi doszedł do niewiarygodnego wniosku: to były ludzkie szczątki! Jakie podłości musiał oglądać ten grobowiec? Na tym zresztą nie koniec potworności: wejście do grobu zostało sforsowane! A przecież nikomu nie wolno było tu wchodzić! Zamki i węgary wyrwano, po drzwiach został ziejący otwór. Czyżby morderca zapuścił się do środka? Zgodnie z instrukcjami, jakie otrzymał Resi, przeklęty grobowiec nie mógł zostać obrabowany. Czy powinien tam wejść? Resi, zbity z tropu, nie odważył się przekroczyć progu, nie pozwolił też swoim podwładnym narażać się na takie ryzyko. Było tylko jedno rozwiązanie: zaalarmować najwyższe władze.

– Pójdę po posiłki – oświadczył grupie.

– Panie, umieramy ze strachu! – wyznał jeden z policjantów.

– Demony pustyni nie atakują za dnia. Wrócę wkrótce. Nie ruszajcie się stąd.

11

Burmistrz Memfis w towarzystwie Resiego przybył do przeklętego grobowca z elitarną jednostką. Policjanci nie kryli ulgi. Dostojnik przywołał ich do siebie.

– Niczego nie widzieliście – oświadczył – i nigdy was tu nie było. Jeśli będziecie o tym rozpowiadać, jeśli wypowiecie choćby o jedno słowo za dużo, zostaniecie oskarżeni o zdradę stanu i ciężko ukarani. Ta sprawa to tajemnica państwowa. Złóżcie przysięgę milczenia.

Policjanci natychmiast wykonali polecenie.

Żołnierze piechoty otoczyli grobowiec, gotowi do interwencji. Mumifikatorzy zabrali zwłoki strażników, którzy mieli zostać pochowani w jakimś odległym miejscu.

– Idź z nimi, Resi – rozkazał burmistrz. – Jutro wyjedziesz z Memfis i udasz się do Teb. Dostaniesz tam stanowisko administratora. Czy muszę mówić, że ciebie także obowiązuje absolutne milczenie?

Resi czym prędzej się oddalił, szczęśliwy, że może opuścić to przerażające miejsce.

Burmistrz Memfis, zaufany człowiek Ramzesa, był znakomitym zarządcą, docenianym przez ogół mieszkańców. Dobrobyt, jakim cieszyło się miasto, oraz świetność Ramzesa przyćmiły pamięć o istnieniu przeklętego grobowca. Burmistrz jako jeden z nielicznych dostojników wiedział, że zawiera on niebezpieczny skarb, do którego na szczęście nikt nie ma dostępu. Na widok otwartych drzwi ogarnęły go wątpliwości. W razie najwyższej konieczności wolno mu było przeszukać grobowiec i sprawdzić, czy nic nie zniknęło. Choć nie był bojaźliwy, zawahał się. Ziejący otwór przypominał paszczę piekieł. Urzędnik wolałby, tak jak zdarzało mu się to w młodości, stanąć z gołymi rękami przed bandą osiłków.

– Mogę ci towarzyszyć, panie? – zapytał dowódca elitarnej jednostki.

– Jeśli nie wyjdę lub jeżeli usłyszysz krzyki, nie wchodź. Zamknij szczelnie grobowiec i niezwłocznie powiadom króla o moim zniknięciu.

– Weźmiesz z sobą jakąś broń, panie?

– To nie będzie konieczne.

Oficer z niepokojem patrzył, jak dostojnik znika w otworze grobowca.

Stromy, niski korytarz, w którym ledwie można było się wyprostować, zagłębiał się w wapienną skałę. Na skrzyżowaniu z innym korytarzem znajdowała się studnia. Burmistrz przekroczył ją i szedł dalej. Nie potrzebował lampy, gdyż pomalowane na czerwono ściany świeciły intensywnym blaskiem. Doszedł do niewielkiego, prawie kwadratowego pomieszczenia. Drewniane skrzynie wypełniały tkaniny, amulety i wyschnięta żywność. Tradycyjne wyposażenie grobowca wyglądało na nietknięte. W mężczyźnie zaczęła odżywać nadzieja.

Zostały dwa pomieszczenia w najniższej części. Sala po lewej była zdewastowana i nosiła ślady pożaru. Po posadzce walały się szczątki pozbawionego głowy posągu Anubisa. Pomieszczenie z prawej strony spotkał ten sam los. Wizerunek Hathor był zakrwawiony. Burmistrz poczuł ucisk w sercu. W głównej kaplicy powinien znajdować się kamienny relikwiarz o hermetycznie zamkniętych drzwiach z brązu. Na szczęście był na miejscu i wyglądał na nietknięty. Gdy jednak dostojnik przyjrzał się dokładnie, jego radość się ulotniła. Relikwiarz był pozbawiony zamków, a drzwi były uchylone. Był pusty.

Mężczyzna omal się nie rozpłakał. Miał przed sobą obraz klęski. Jeśli jakiś człowiek zdołał wejść w posiadanie zapieczętowanego dzbana, dysponuje teraz władzą większą od faraona. A splądrować ten przybytek, przywłaszczyć sobie najstraszliwszą broń i pozostać przy życiu mógł jedynie za sprawą czarnej magii.

Kiedy burmistrz wyszedł z przeklętego grobowca, wyglądał o dwadzieścia lat starzej. Jego twarz była tak zmieniona, że dowódca z trudem go rozpoznał. Oczy dostojnika były błędne i przygaszone.

– Natychmiast ruszamy do Pi-Ramzes – oświadczył drżącym głosem.

* * *

Setna z niespożytą energią kończył dziesiątą kopię papirusu z traktatem medycznym, który powierzyła mu Sekhet. Powściągając pragnienie, by jak najszybciej sprostać jej oczekiwaniom, precyzyjnie kreślił każdy znak i wiele razy sprawdzał efekt swojej pracy, aby uniknąć najdrobniejszego błędu. Otrzymawszy zgodę Bezwłosego, sięgnął do składu nowych papirusów, tak by dostarczyć zleceniodawczyni najwyższej jakości, trwałe egzemplarze. Korzystając z tego cudownego tekstu, lekarze uratują wiele ludzkich istnień.

Chwilami Setnie trudno było się skupić. Przed oczami miał twarz dziewczyny i scena po scenie przypominał sobie to spotkanie, które zaczęło się tak niefortunnie. Nerwowy i niezdarny wyszedł na dziwaka i teraz to sobie wyrzucał. Miała całkowitą rację, wybuchając śmiechem i żartując z niego! Po tak wielkiej porażce musi odzyskać pozory godności i przekonać ją, że jest znakomitym skrybą. Czy dziewczyna wie, że spotkała syna Ramzesa? Na pewno nie. Kto to widział, żeby potomek monarchy sam taszczył ciężkie torby! Książę na pewno szedłby w towarzystwie dbających o jego wygodę oddanych służących. Ramesu to co innego, on nigdy nie omieszkał pochwalić się swoją godnością i zawsze zwracano na niego uwagę. Ale on kochał władzę, podczas gdy Setna wolał lekturę i pisanie. Zważywszy na pozycję jej ojca, Sekhet na pewno marzy o wspaniałym zamążpójściu, które otworzy jej dostęp do dworu w Pi-Ramzes.

Małżeństwo, miłość... chimery! Oczywiście, Setna

był pod wrażeniem piękna, powabu i niezrównanego wdzięku dziewczyny i chętnie spędzałby długie godziny, rozmawiając z nią na tysiąc tematów. Nie ma jednak najmniejszych szans, by ich drogi znowu się skrzyżowały, wspomnienie tego jedynego spotkania zaś wkrótce się zatrze. Dziesięć papirusów. Tyle, ile zamawiała.

Kiedy zwijał ostatni arkusz, pojawił się Bezwłosy.

– Skończyłeś?

– Tak, to zlecenie jest już gotowe.

– Świetnie, potrzebuję kopii pewnego uroczystego rytuału.

– Jestem do twojej dyspozycji, panie.

– Sam zaniesiesz te papirusy?

– Wolałbym skorzystać z usług doręczyciela.

Młody mężczyzna nie ośmielił się zapytać, czy rozpatrzono jego kandydaturę. Kapłani świątyni Ptaha nie tolerują niecierpliwości.

Wyczerpana Sekhet położyła się na macie nad wodą. Zdjęła tunikę i rozkoszowała się pieszczotą promieni zachodzącego słońca. Miała za sobą trudny dzień. Nastawianie zwichniętego barku, dolegliwości sercowe, poważna choroba płuc, dziecko z padaczką, inne uzdrowicielki pytające o porady i pilna sprawa administracyjna do załatwienia. Młoda kobieta zjadła tylko jednego ogórka i podpłomyk. Była jednak szczęśliwa, mogąc ulżyć swoim pacjentom. Nagle poczuła, jak bardzo jest zmęczona – chciała tylko zamknąć oczy i powierzyć się objęciom letniego wieczoru.

Dlaczego jej wyobraźnię zamiast trosk kolejnego dnia zaprzątało wspomnienie twarzy Setny? Po tym spotkaniu – co prawda, owszem, zabawnym – nie powinien był zostać żaden ślad. Mimo swej nieśmiałości i niezdarności syn Ramzesa był całkiem przystojny, a nawet w pewien sposób czarujący, poświęcił się jednak surowej karierze wysokiej klasy skryby zafascynowanego dawnymi tekstami. Sekhet, zirytowana na siebie, zanurzyła się w dużym basenie. Pływanie nago sprawiało jej największą przyjemność. Jej ciało stawało się lekkie, a zmęczenie i troski ulatywały.

Ile czasu zajmie Setnie wykonanie kopii? Czy przywiązuje do tej pracy jakieś znaczenie? Czy dostarczy papirusy osobiście? A może zrezygnuje z tego niewdzięcznego zlecenia i powierzy je jakiemuś podwładnemu? Pragnąc odepchnąć od siebie te bezcelowe pytania, pływaczka przyśpieszyła tempo aż do utraty tchu. Wyszła na brzeg ociekająca wodą. Nie udało jej się przegnać myśli o młodym skrybie.

W wieczornym powietrzu rozległ się dźwięk fletu. Sygnał wzywający na kolację – spokojny posiłek sam na sam z ojcem.

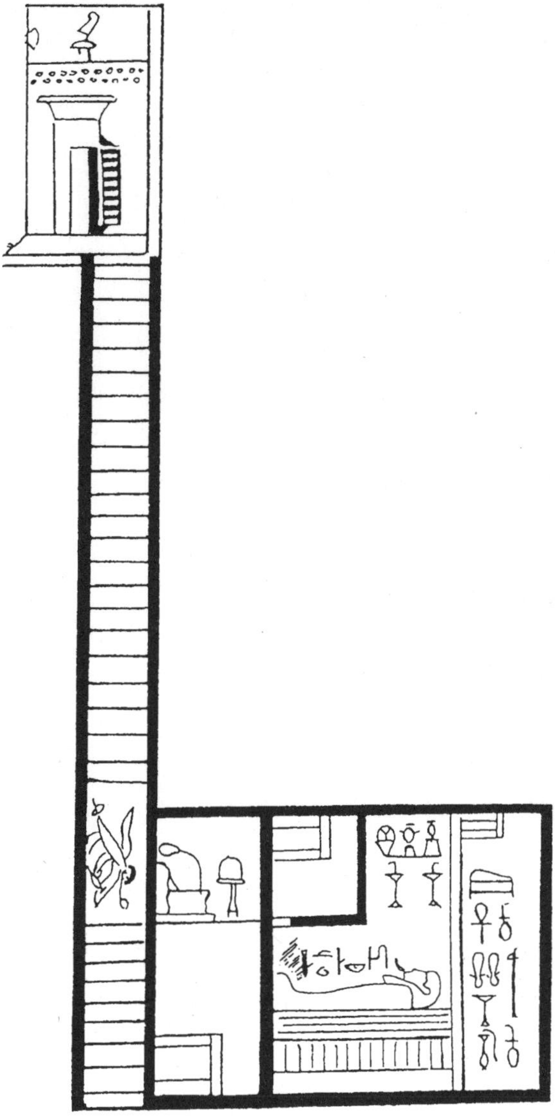

Na zachodnim brzegu znajdują się drzwi do korytarza, który prowadzi do grobu – miejsca, gdzie spoczywa mumia w otoczeniu przedmiotów sakralnych i hieroglifów zabezpieczających (*Księga wychodzenia za dnia*, rozdział 1).

12

Generał Ramesu był całkiem zadowolony. Po dwóch miesiącach intensywnej pracy uporał się z nieprawidłowościami w koszarach w Memfis, zaprowadzając ścisłą dyscyplinę i przywracając zgnuśniałym oficerom poczucie odpowiedzialności. Szeregowi członkowie armii, dumni, że mają styczność ze starszym synem faraona, nie uchylali się od wyznaczonych zadań i czuli się lepszymi żołnierzami, gotowymi zwyciężać wrogów Egiptu. A poprawa wiktu podnosiła morale.

Nadchodził czas, by wrócić do Pi-Ramzes i przejąć dowodzenie nad elitarnymi korpusami. Ramesu nie ufał kilku dostojnikom, którzy posługując się półsłówkami, krytykowali jego ambicje. Czyż jednak największym rywalem nie jest dla niego Setna, jego własny brat? Nie mógł zapomnieć o jego wyczynie w Nubii: to nie było zachowanie prostego skryby.

Adiutant polowy generała stawił się z raportem, który nie miał być włączony do oficjalnej dokumentacji.

– Oto wynik tajnego śledztwa prowadzonego w sprawie twojego brata, panie – oświadczył. – Oczywiście pełna dyskrecja. Nikt nie trafi na nasz ślad.

– Twoja premia także będzie dyskretna – obiecał Ramesu. – Czy Setna spotykał się z wyższymi oficerami?

– W żadnym razie.

– Z dostojnikami?

– Tym bardziej nie.

– Czym on się zajmuje całymi dniami?

– Siedzi zamknięty w bibliotece, spędzając czas na czytaniu i pisaniu. W tej chwili pracuje dla Bezwłosego, kapłana Domu Życia w Memfis, słynnego z surowości wobec swoich uczniów.

– Czyżby Setna nie był zapraszany na przyjęcia?

– Spożywa posiłki u siebie i nie bierze udziału w żadnych ucztach. Wygląda na to, że jego jedynym celem jest zostać kapłanem świątyni Ptaha. Przygotowuje się więc do tego surowego życia.

– Nie ma przyjaciół?

– Jednego, Cheda Wybawcę, który niedawno został mianowany zarządcą zbrojowni.

Nominacja ta zdaniem Ramesu była przedwczesna, tym bardziej że Ched był urodzonym wojakiem, nie administratorem. Szybko się znudzi tą funkcją i król zastąpi go kimś innym.

– A... kobiety?

– Pustynia, generale.

– I naprawdę żadnych rozrywek?

– Żadnych.

Ramesu nie rozumiał młodszego brata. Jak można żyć w ten sposób, gdy jest się synem faraona i gdy cały świat stoi przed człowiekiem otworem? Raport wyglądał jednak na uspokajający. Niewygórowane ambicje Setny nie zagrażały zamiarom starszego brata. Był tylko jeden kłopotliwy szczegół.

– Czy Ched Wybawca zaprosił Setnę do zbrojowni?

– Tak, i to było jego jedyne wyjście. Mamy tam dobrych informatorów. Ched oprowadził przyjaciela po nowej posiadłości, a ten więcej tam nie wrócił.

Na pierwszy rzut oka Ched nie stanowił żadnego zagrożenia. Lepiej było jednak zachować ostrożność. A jeśli Setna posłuży się nim, by zmanipulować wyższych oficerów i zgromadzić grono zwolenników?

– Mamy nadal obserwować twojego brata, panie? – zapytał adiutant.

– Nie, ale chcę mieć regularne raporty w sprawie zarządzania zbrojownią. Musi być bez zarzutu. Uchybienia w tym względzie mogłyby zagrozić bezpieczeństwu Memfis.

– Jestem na twoje rozkazy, panie! Przygotowania do podróży do Pi-Ramzes są zakończone, a kabina twojej łodzi zyskała nowe udogodnienia.

– Świetnie, daję ci wolną rękę.

Jeszcze tylko jedno towarzyskie zobowiązanie i pobyt Ramesu w Memfis dobiegnie końca. Generałowi śpieszno było znowu zobaczyć stolicę królestwa i stawić się tam w charakterze godnego następcy swego ojca.

Setna miał dylemat. Jeśli nie dostarczy osobiście kopii traktatu medycznego, Sekhet się obrazi, poczuje się znieważona i postanowi więcej się z nim nie spotykać. Jeśli zaś weźmie to zadanie na siebie, wywiąże się rozmowa i skryba nie będzie wiedział, co powiedzieć. Wyjdzie na jeszcze głupszego niż za pierwszym razem. Nie chciał znosić takiego upokorzenia. Musiał jednak coś wybrać, a niemożność podjęcia decyzji nie pozwalała mu zasnąć. Argument za, argument przeciw, argument za, argument przeciw... I żadnego rozwiązania.

Tylko praca dawała mu odrobinę pociechy. W regularnych odstępach czasu problem jednak powracał, a wtedy jego ręka stawała się niepewna. Kopiując papirus, który powierzył mu Bezwłosy, Setna popełniał tak wiele błędów, że tracił cierpliwość i uderzał pięścią w podłogę. Ten brak opanowania irytował go i dyskredytował we własnych oczach. I on miałby zostać kapłanem Ptaha? Zyskać dostęp do jego tajemnic? Co za ponury żart!

Kiedy wyszedł na zewnątrz, by zaczerpnąć powietrza, zobaczył, że idzie ku niemu posłaniec z maleńkim zwojem papirusu.

– Szukam skryby Setny.

– To ja.

– Wiadomość do ciebie, panie.

Syn Ramzesa zdjął sznurek, rozwinął dokument i zapoznał się z tekstem. Był zaskoczony. Jakie dziwne rozwiązanie jego dylematu! Skoro los decyduje za niego, warto go posłuchać.

Sekhet przez cały wolny dzień wnikliwie studiowała treść traktatu przekazanego przez światło księżyca. Podkreślano w nim znaczenie serca, nie jako mięśnia, lecz jako niematerialnego centrum człowieka, które symbolizował zapieczętowany dzban o dwóch uchach. Wszystko miało w nim swój początek i wszystko doń wracało. Jako źródło i regulator energii krążących w ciele winno ono być stabilne i nietknięte, w przeciwnym razie organizmowi groziły choroby. Opisywane serce miało głos, możliwy do odczytania dzięki badaniu tętna, języka, ucha, skóry oraz wsłuchiwaniu się w jego bicie. Precyzyjne wskazówki pozwalały uzdrowicielce na dokładniejszą diagnozę i dobór odpowiednich leków.

Z powodu silnych upałów rytm pracy zwolnił. Stary w swej wyrozumiałości zezwolił pracownikom majątku na regeneracyjną sjestę. Nie mogło być jednak mowy o lenistwie! Lekkie piwo wpływało energetyzująco na organizm i w codziennych pracach nie było opóźnień.

W cieniu pergoli Sekhet jadła obiad z ojcem, którego wyjątkowo obowiązki nie zatrzymały w Memfis.

– Miałem przejrzeć dokumenty z burmistrzem, lecz

on wyjechał do Pi-Ramzes w jakiejś pilnej sprawie. Z pewnością na wezwanie króla.

Ogórki, ryba marynowana z sosem koperkowym, twaróg, sałatka owocowa i białe wino o delikatnym aromacie. Letni posiłek okazał się wyśmienity.

– Podjąłem decyzję, która cię rozbawi – oświadczył Keku. – W ostatnich tygodniach tak ciężko pracowałaś, czas się rozerwać.

– Intrygujesz mnie, ojcze!

Na twarzy mężczyzny pojawił się dziwny uśmiech.

– Jutro wieczorem organizuję przyjęcie, na które zostali zaproszeni najwięksi dostojnicy Memfis z małżonkami. Będziemy mieli dwóch gości specjalnych.

Sekhet zmarszczyła brwi.

– Nie śmiem się domyślać...

– Przejrzałaś moje zamiary, droga córko! Ci dwaj goście to generał Ramesu i jego brat Setna, którzy otrzymali zaproszenia w stosownej formie. Dwaj synowie faraona przy naszym stole. Prawdziwy sukces!

– Hmm... Czyżby chodziło ci o stanowisko ministra gospodarki?

– To prawda, pragnąłbym je piastować. Bogowie obsypali mnie już takim szczęściem, że bogactwo i władza wcale mnie nie interesują. Uważam za to, że byłbym w stanie usprawnić zarząd spraw publicznych i przyczynić się do większego dobrobytu naszego kraju. Czy wybaczysz mi taką próżność?

– Wielu, łącznie ze mną, uważa, że się do tego nadajesz. Masz rację, obecność królewskich synów bardzo ci się przyda.

Keku przemilczał sprawę małżeństwa, a Sekhet swoje przekonanie, że Setna nie przyjdzie. A jeśli chodzi o Ramesu, zamierzała się ograniczyć do kilku grzecznościowych formułek.

13

Stary był wściekły. Jak można wymagać od niego zorganizowania w ciągu mniej niż czterdziestu ośmiu godzin przyjęcia z udziałem dwóch synów Ramzesa? Czy ten szef zwariował? Przed depresją uratowało go czerwone wino z pierwszego roku monarchii. Jego soczysty bukiet przywrócił mu wigor, z którym mężczyzna mógłby pokonać każdą przeszkodę. W posiadłości Keku rozszalało się istne tornado. Od warzywnika po kuchnie, od piwnic po sad, Stary wszędzie żądał najprzedniejszych produktów, nie wyłączając mięsa od rzeźnika oraz ryb od rybaka.

Gdy zbliżał się zachód słońca oraz godzina przybycia gości, niektóre szczegóły wciąż jeszcze nie były dopięte na ostatni guzik. Ale obszerna sala jadalna, przystrojona kwiatami, wyglądała pięknie. Na stołach stały puchary, a w powietrzu unosiła się delikatna woń perfum. Zastęp służących obu płci czekał w gotowości, by zaspokoić nawet najbardziej wymyślną zachciankę biesiadników.

Alejkę biegnącą od głównej bramy do sali bankietowej oświetlały lampy. Gdy Stary sprawdzał jakość win, przybyły pierwsze pary w odświętnych strojach i najmodniejszych perukach.

Keku witał gości, do każdego kierując odpowiednie słowa. Poza burmistrzem Memfis, który był w podróży, wszyscy zaproszeni dopisali, a ich małżonki rywalizowały ze sobą elegancją garderoby. Wszyscy chcieli spotkać dwóch synów króla i zaskarbić sobie względy przyszłego ministra gospodarki. Tego wieczoru nawet pilnujący posiadłości pies Geb powstrzymał się od szczekania, wdychając smakowite zapachy z kuchni i oblizując się łakomie na myśl o czekającej go uczcie. Figlarne małpki zdążyły już zwędzić trochę owoców i nie zamierzały na tym poprzestać. Koty wiedziały, że tego wieczoru obejdą się bez polowania; jedynym ich problemem miał być wybór między mięsem a rybą. Stary się nie wtrącał. Był zdania, że zwierzęta także mają prawo do smakołyków.

Ched Wybawca przyszedł w towarzystwie dziewczyny z której ust nie schodził uśmiech. Prezentował się elegancko.

– Gratulacje dla nowego zarządcy zbrojowni – powitał go Keku. – Dziękuję, że przyjąłeś moje zaproszenie.

– Twoje przyjęcia są najsłynniejsze w całym Memfis, panie, grzechem byłoby nie przyjść! Podobno mają się zjawić Ramesu i Setna?

– Tak, czekam na nich.

– Dobrze znam Setnę, nie da się wyciągnąć ze swojej biblioteki!

Wszystkie spojrzenia skierowały się ku alei, którą marszowym krokiem przemierzał Ramesu, starszy syn Ramzesa Wielkiego. Keku skłonił głowę.

– Czuję się zaszczycony, generale. Twoja obecność w tych skromnych progach to dla mnie prawdziwa radość.

– Nie widzę twojej córki, panie.

– Przygotowała dla ciebie niespodziankę.

Ramesu uśmiechnął się, zadowolony. Nareszcie Sekhet zrezygnowała z tej bezsensownej walki i oddaje się w ręce swojego zdobywcy. Po przyjęciu zabierze ją więc do Pi-Ramzes i przedstawi na dworze, a potem odbędzie się wesele.

Ramesu zajął honorowe miejsce po prawicy pana domu, który siadając, dał znak do rozpoczęcia biesiady. Miejsce po lewej ręce Keku było puste.

– Czyżby twoja córka kazała na siebie czekać? – zapytał generał.

– To miejsce jest zarezerwowane dla twojego brata, panie.

– Setna! Drobna uwaga, mój drogi, nie licz na jego obecność. Nie lubi ani pić, ani jeść, ani się bawić.

Podczaszowie serwowali najpierw białe wino pochodzące z trzeciego roku monarchii. Było lekkie, pobudzało apetyt i doskonale pasowało do serii przystawek podawanych na liściach sałaty. Nagle uwagę gości przyciągnął dźwięk lutni. W sali pojawiła się żeńska orkiestra złożona z oboistki, która grała na instrumencie składającym się z dwóch długich rur, klarnecistki, harfistki i dwóch lutnistek. Piękne kobiety i znakomite instrumentalistki. Każda z nich miała długie, czarne włosy, wspaniałe piersi i wąską kibić. Bransolety z krwawnika zdobiły przeguby ich rąk i kostki nóg. Oczy całego towarzystwa wpatrzone były w orkiestrę, ale najlepsze miało dopiero nastąpić.

Przez dźwięk instrumentów przebił się sopran, który dochodził jakby z zaświatów. Ramesu rozpoznał ten głos. Sekhet, ubrana w wąską suknię podkreślającą jej kształty, śpiewała, unosząc ręce na wysokość twarzy. Nigdy nie wyglądała równie pociągająco. Sposób, w jaki modulowała niezrównanie czysty głos, chwytał za serce. Zafascynowani słuchacze mieli świadomość, że to wyjątkowa chwila. Kiedy dziewczyna umilkła, nastąpiła długa chwila ciszy. Wszyscy goście starali się dobrze zapamiętać ten występ.

Znakiem dłoni Keku rozkazał sługom, by zaprezentowali biesiadnikom danie pomysłu Starego. Filety z okonia w marynacie na porach przyprawione łagodnym czosnkiem, słodkimi cebulkami, oliwą z oliwek oraz octem z samotoku winnego z najprzedniejszych owoców.

Ramesu nie krył zadowolenia.

– Znakomite, drogi Keku! Twój kucharz ma prawdziwy talent.

– Czy mógłbym cię o coś prosić, panie?

– Słucham.

– Czy uważasz, że nazwanie tego dania „przysmakiem Ramzesa” byłoby przesadą?

– Przeciwnie! Daj mi przepis, a zawiozę go do Pi-Ramzes. Mój ojciec będzie zachwycony. Czy twoja córka do nas dołączy?

– Oto i ona.

Olśniewająca, nienagannie elegancka Sekhet usiadła z wdziękiem na miejscu Setny. Ramesu wstał i ucałował jej dłonie.

– Cóż za wspaniała niespodzianka! Nic nie wiedziałem o twoich wokalnych talentach, pani.

– W ogóle nic o mnie nie wiesz, generale.

Keku czym prędzej wzniósł toast. Biesiadnicy poszli w jego ślady.

– To, że wszyscy się tu spotkaliśmy i że możemy ucztować – zaczął stentorowym głosem – zawdzięczamy faraonowi. To on daje nam pokój i pomyślność. Życzmy Ramzesowi Wielkiemu długiego życia, sił i zdrowia!

Zgromadzeni unisono podjęli jego toast i podczaszowie napełnili puchary mocnym czerwonym winem z Delty Nilu.

– Generał Ramesu, starszy syn naszego umiłowanego władcy – ciągnął Keku – zaszczycił nas swoją obecnością. Stojąc na czele naszej armii, zapewnia krajowi bezpieczeństwo. Niech mu za to będą dzięki!

Wszyscy, z damami włącznie, wypili ze szczerego serca.

– Podziękujmy też naszemu gospodarzowi, na którego czekają wysokie urzędy – włączył się Ramesu. – Kraj potrzebuje kompetentnych i oddanych sług. Nie zapominam także o jego córce, której czar uświetnia to przyjęcie.

Uczty dopełniły pieczona wołowina z pięcioma warzywami, kozi ser, ciastka z miodu i chleba świętojańskiego. Na koniec podano mocne białe wino o kojącej słodyczy.

Dla podtrzymania rozmowy Keku poprosił, by Ramesu opowiedział o swoich wojennych dokonaniach. Gdy generał skończył, zwrócił się do Sekhet:

– Jesteś taka milcząca, pani!

– Twoja opowieść przykuwa uwagę...

– Obrona naszego kraju to moja pasja, mam też świadomość, że pełnię trudną, a jednocześnie wielką misję.

– Z całą pewnością.

– Czyżbyś w to wątpiła?

– Ani przez chwilę.

– Czy nie masz dla mnie... jeszcze jakiejś niespodzianki, pani?

– Jeśli pozwolisz, panie, może zaproponujemy naszym gościom chwilę oddechu w ogrodzie.

– Oczywiście.

Zgodnie z przewidywaniami Sekhet wokół generała zgromadził się wianuszek panien na wydaniu. Siła i postura syna faraona działały na nie jak magnes. Wykorzystując chwilę, gdy Ramesu nadymał się jak paw, ulotniła się i schowała za starą sykomorą. Ten pretensjonalny i ograniczony żołnierz był nie do zniesienia! Jak dać mu do zrozumienia, że nigdy nie zgodzi się za niego wyjść? Nawet gdyby miała na tym ucierpieć kariera Keku – trudno! Choć Sekhet szanowała ojca i życzyła mu, by został ministrem, nie zamierzała poświęcić dla niego własnego życia.

Kilka kroków od niej, w pobliżu drzewa granatu mignęła jakaś sylwetka. Książę Setna!

Muzykanci grają dla gości na przyjęciu (grobowiec Rechmire).

14

Sekhet nie kryła zdziwienia.

– Jednak przyszedłeś, panie?

– Skończyłem pracę.

Ze skórzanej torby Setna wyjął jedną z kopii traktatu.

– Nie było łatwo, ale zrobiłem, co w mojej mocy. Chcesz... Chcesz zobaczyć, pani?

– Oczywiście!

Dziewczyna rozwinęła dokument. W blasku księżyca ujrzała perfekcyjne hieroglify. Młody skryba w napięciu czekał na werdykt.

– Wspaniałe. Naprawdę wspaniałe!

Setna się uśmiechnął.

– Mówisz to szczerze, pani?

– Jak najbardziej.

– To dla mnie wielka radość. – Cofnął się o krok. – A zatem moje zadanie zostało wykonane. Dziękuję, że mi je powierzyłaś.

– Dlaczego nie przyszedłeś na przyjęcie?

– Nie przepadam za wydarzeniami towarzyskimi... Ale słyszałem, jak śpiewałaś. To było cudowne.

Setna podał torbę dziewczynie, a ta położyła ją pod sykomorą.

– Może masz ochotę obejrzeć ogród?

– Jest już późno i...

Czule ujęła go pod ramię.

– Pozwól, że cię oprowadzę.

Setną owładnęły sprzeczne uczucia. Miał ochotę uciekać albo się zatracić. Dotyk Sekhet był tak przyjemny, że nie potrafił mu się oprzeć. Po raz pierwszy w życiu czuł ciepło kobiety! W pierwszej chwili zadrżał, ale potem, jako że Sekhet udała, iż niczego nie zauważyła, rozluźnił się. Osłona nocy i drzew dodawały młodemu księciu odwagi. Nikt nie mógł ich zobaczyć.

– Ten ogród to moja spokojna przystań – oświadczyła. – Tutaj, słuchając śpiewu ptaków i patrząc na kwiaty, odzyskuję siły. Zmęczenie i troski ustępują. Podoba ci się tu, książę?

– Jest przepięknie!

– Więc już mamy coś wspólnego. Może chciałbyś zobaczyć, jak to miejsce wygląda za dnia, w grze świateł i cieni?

– Tak, ale... Dostarczając ci kopie, pani, wykonałem swoją pracę i...

– I nie masz żadnego powodu, by tu wracać! Jesteś tego pewien?

Setna miał tylko jedno życzenie: by ten nieśpieszny spacer trwał w nieskończoność! Przejął więc inicjatywę.

– Chciałabyś może posłuchać *Maksym* Ptahhotepa? Mam cały tekst i z wielką radością przeczytałbym ci go, pani.

– Dlaczego nie?

– Zobaczysz, jest wspaniały. Człowiek powinien cały czas czerpać z niego inspirację.

Właśnie zbliżali się do basenu.

– Setno, potrafisz pływać?

– Brat mnie nauczył, gdy byłem dzieckiem. Pływa szybciej ode mnie.

– Chce mnie poślubić.

– Doskonale go rozumiem! – Skryba się zaczerwienił. Czuł, że zbyt szybko wypowiedział te słowa. Na szczęście w ciemności nie było widać, jak bardzo jest poruszony.

– Nie kocham go, więc się nie pobierzemy – oświadczyła Sekhet. – Jego naciski i naleganie mojego ojca są daremne. A ty, spotykałeś się już z dziewczętami?

– Nigdy! Cały czas pochłania mi nauka zawodu skryby, a mój mistrz, Bezwłosy z Domu Życia, jest bardzo wymagający. Teraz zaczyna mnie uczyć ukrytych znaczeń hieroglifów i mam nadzieję, że niedługo zostanę kapłanem świątyni Ptaha.

– Czy syn Ramzesa musi przez to wszystko przechodzić?

– Nie chcę żadnych przywilejów! Tytuły honorowe mnie nie interesują, chcę przekroczyć bramę świętyni świadomie, by w pełni uczestniczyć w misteriach. Być może zdołam to osiągnąć, ale tylko dzięki żarliwej pracy.

Powaga i determinacja młodego mężczyzny zrobiły na Sekhet wrażenie, a jego duchowa dojrzałość głęboko ją poruszyła. Jakże pusto i blado wypadał przy nim jego brat!

– A czy ty, pani, nie jesteś już kapłanką Sechmet? – odważył się zapytać.

– Przełożona wzięła mnie pod swoje skrzydła, ale muszę się jeszcze wiele nauczyć. Dotychczas nie spotkałam się ze straszliwą Lwicą twarzą w twarz.

– Czy to nie jest... zbyt niebezpieczne?

– Jeśli chcę w moim zawodzie korzystać z tajemnych energii, będę musiała pokonać tę przeszkodę.

– Mimo moich mizernych możliwości jestem gotów ci pomóc!

Dziewczyna przystanęła i spojrzała mu prosto w oczy.

– Będę o tym pamiętać, Setno.

Blask księżyca otaczał jej twarz delikatną poświatą, tak że wyglądała niemal nierzeczywiście. Skryba znowu zadrżał. By ukryć swoje zakłopotanie, ruszył przed siebie wolnym krokiem.

– Chciałabym jak najprędzej posłuchać tych *Maksym*. Czy jutrzejsze popołudnie ci odpowiada?

Nie przyznała się, że od dawna zna tekst Ptahhotepa. Poza tym uznała, że w ustach skryby nabierze on nowego wydźwięku.

Setna zaniemówił. Na myśl o tym, że miałby ją ponownie zobaczyć, nie potrafił wydusić z siebie ani słowa.

– Możesz?

Za odpowiedź musiało dziewczynie wystarczyć skinięcie głową.

– To cudownie! Już późno, musimy się pożegnać.

Młody mężczyzna z obawą czekał na te słowa. Sekhet puściła jego ramię.

– Skoro się poznaliśmy, możemy się pocałować – zaproponowała.

Oszołomiony Setna poczuł na swoich wargach usta dziewczyny i o mało nie zemdlał. Nie wyobrażał sobie, że może istnieć takie doznanie. Pocałunek był krótki, tak bardzo krótki! A potem Sekhet się oddaliła. Odchodząc, pomachała mu na pożegnanie. Czuł, że godziny do następnego spotkania będą się dłużyć w nieskończoność.

Pochlebstwa zachwyconych kokietek rozbawiły generała Ramesu. Kobiety chwaliły jego prezencję, podziwiały biżuterię, zwłaszcza wygrawerowaną specjalnie dla niego miedzianą bransoletę, piszczały z przestrachu, słuchając o jego wojennych dokonaniach, i dolewały mu wina. Nudziły go jednak te umizgi. W Pi-Ramzes znowu miał być wydany na żer poszukujących wyjątkowej partii dziewcząt z wysokich rodów. Ramesu zadowalał się przelotnymi i dyskretnymi przygodami, a w głowie miał tylko jedno: zdobyć Sekhet. Byłaby wspaniałą, godną go małżonką. Wstał z wyściełanego poduszkami łoża, przerywając krąg adoratorek.

Keku podszedł do niego.

– Życzy pan sobie czegoś, generale?

– Chciałbym się pożegnać z twoją córką, zanim wyjdę.

Na to wtrącił się Stary:

– Moja pani poszła się położyć. Jutro czeka ją ciężki dzień. Prosiła, bym przekazał ci przeprosiny i serdeczne pozdrowienia, panie.

Ta uprzejmość udobruchała Ramesu. Zwrócił się do Keku:

– Kiedy zostaniesz wezwany do Pi-Ramzes, nie zapomnij zabrać z sobą Sekhet. Oprowadzę ją po stolicy. Jestem pewien, że jej się spodoba.

– Ja również.

Ramesu z wysoko podniesioną głową opuścił posiadłość. Słudzy pogasili lampy i zaczęli sprzątać salę jadalną. Stary był całkiem zadowolony, że się odezwał i rozładował rosnącą złość generała, którego arogancja działała mu na nerwy. Zarządca, który miał oczy dookoła głowy, zauważył, jak jego pani znika w ogrodzie w towarzystwie młodzieńca o szlachetnym wyglądzie. Czyżby wreszcie porzuciła swoją samotność i przestała się zajmować wyłącznie pracą? Tymczasem podniósł torbę ze zwojami papirusu spoczywającą pod pniem sykomory. Piękna kapłanka naprawdę musiała myśleć o niebieskich migdałach, skoro o niej zapomniała!

15

Burmistrz Memfis rozbił swój namiot w odległości pół dnia drogi od Pi-Ramzes, z dala od wszelkich zamieszkanych obszarów. Żołnierze bez przerwy patrolowali okolicę, mieli rozkaz przesłuchiwania ewentualnych ciekawskich. Z samego rana do stolicy wyruszył posłaniec z papirusem opatrzonym pieczęcią dostojnika. Jak zareaguje Ramzes?

Mężczyzna miał ściśnięty żołądek. Nie chciało mu się jeść, pił za dużo piwa. Był wstrząśnięty tym, co zaszło. Szczęśliwe rządy, bogaty kraj, lud zadowolony ze swego życia... I nagle obawa, że wszystko to przepadnie, a cała harmonia na zawsze zostanie unicestwiona! Dostojnik – jakby właśnie nadeszła jego ostatnia godzina – wspominał etapy swojej pięknej kariery, naznaczonej nieprzerwanym poświęceniem na rzecz państwa. Żywił głęboką cześć dla Setiego, ojca Ramzesa, i kiedy ten wybitny faraon zmarł, obawiał się niespokojnych czasów, a nawet schyłku królestwa. Syn jednak okazał się monarchą na miarę ojca, a jego postawa pod Kadesz zapewniła mu podziw Egipcjan. Odpierając hetyckiego najeźdźcę i zaprowadzając – co prawda kruchy – pokój, Ramzes dowiódł, że potrafi rządzić.

Czy jednak król zdoła stawić czoło zagrażającym królestwu ciemnym mocom? Burmistrz przygnębiony spoglądał na pustynię. Pustynia – ziemia ognia zrodzona z uderzenia pioruna Seta, jałowy obszar, terytorium skorpionów i węży. Tak prawdopodobnie będzie w przyszłości wyglądał Egipt zniszczony demoniczną pożogą. Takiego wroga nie pokona żadne wojsko. Na dłoni dostojnika usiadł czarno-czerwono-pomarańczowy motyl, symbol wspaniałego, lecz jakże kruchego i krótkiego życia.

Jeden z oficerów obudził burmistrza, który nad ranem zasnął.

– Widać jakieś rydwany.

Urzędnik zerwał się na równe nogi i wyszedł z namiotu. Powozy zbliżały się w szybkim tempie. Na czele rydwan ze złoconego drewna, ciągniony przez łatwe do rozpoznania królewskie konie. Lejce trzymał Ramzes we własnej osobie. A więc faraon poważnie potraktował jego lapidarną wiadomość: „Wielkie niebezpieczeństwo".

Gdy Ramzes zszedł z rydwanu, burmistrz doznał tego samego uczucia pełnej szacunku bojaźni co podczas wszystkich poprzednich spotkań. Fizycznej sile monarchy towarzyszył naturalny autorytet, emanowała zeń moc, która miała źródło w jego codziennym obcowaniu z bogami. Celebrując poranne rytuały, Ramzes dotykał tajemnicy stwórczego światła.

Burmistrz skłonił się głęboko.

– Wybacz, Wasza Wysokość, nie jestem ogolony ani umyty i...

– Wystarczy. To ty napisałeś tę wiadomość?

– Ja.

– Potwierdzasz jej treść?

– Potwierdzam.

– Dlaczego twój posłaniec błagał mnie, bym jechał za nim i przybył tu w asyście kilku najlepszych żołnierzy?

Ramzes nie znosił owijania w bawełnę. Dostojnik zagrał w otwarte karty.

– To, co mam ci do powiedzenia, jest tak ważne, że nie powinno tego słyszeć niczyje ucho. A nie sądzę, żeby na dworze dało się zachować to w tajemnicy.

Król miał nieprzeniknioną minę.

– Możliwe, że się nie mylisz.

– Mam tylko jeden namiot.

Władca wszedł do środka. Burmistrz rozkazał żołnierzom, by w odpowiedniej odległości od namiotu utworzyli kordon, i ruszył za nim. Dzięki temu rozmowa mogła się odbyć w całkowitej dyskrecji.

Ramzes stał, skrzyżowawszy ramiona na piersi.

– Jakie niebezpieczeństwo zagraża Memfis?

– Nie chodzi o Memfis, Wasza Wysokość. Chodzi o cały Egipt.

– Spisek wojska?

– Nie, panie. Przeklęty grobowiec.

Po tych słowach nastąpiła długa chwila ciszy. Ramzes rozważał rozmiary tragedii, nie chcąc dopuścić do siebie najgorszego. Burmistrz spuścił głowę i ciężko oddychał.

– Czyżby został sprofanowany?

– Niestety tak.

– Przecież specjaliści twierdzili, że to niemożliwe!

– Mylili się, wasza wysokość.

– Sprawdziłeś osobiście?

– Natychmiast po dokonaniu inspekcji miejsca wyruszyłem z Memfis, by cię zawiadomić.

– Co tam zastałeś?

– Strażnicy uduszeni jakimś gazem, zwęglone kości, drzwi do grobowca wyważone.

– Wszedłeś do środka?

– Nie bez strachu! Z początku miałem jeszcze nadzieję, że najważniejszego nie zrabowano, ale musiałem się pogodzić z rzeczywistością.

Faraon na chwilę zamknął oczy.

– Drzwi do relikwiarza były otwarte.

– Tak, Wasza Wysokość.

– A zapieczętowany dzban zniknął.

– Tak – wyszeptał burmistrz.

Choć Ramzes był zaprawiony w bojach, nawet tak ciężkich jak ten pod Kadesz, tym razem zadrżał. Zdaniem królewskich magów i kapłanów ta katastrofa nie miała prawa się wydarzyć. Przeklęty grobowiec został zamknięty za czasów wielkiego faraona Senusereta III, tak by zapieczętowany dzban kryjący w sobie tajemnicę Ozyrysa był bezpieczny. Podjęto niezbędne kroki, miejsce było strzeżone dzień i noc, a zaklęcia wyryte na ścianach nie pozwalały, by ktokolwiek sięgnął po skarb, do którego nie powinien mieć dostępu żaden człowiek. Przed śmiercią Seti przekazał synowi instrukcje dotyczące grobowca, zalecając, by nie informował o nich nikogo poza burmistrzem Memfis, którego zadaniem jest czuwanie nad zewnętrznymi środkami bezpieczeństwa.

– To musi być robota jakiegoś demona – stwierdził Ramzes.

– Albo czarnoksiężnika.

– Największy z magów nie dysponuje tak wielką mocą!

– A jeśli dysponuje?

– To znaleźliśmy się w naprawdę wielkim niebezpieczeństwie.

– Załóżmy, że któryś z duchów pustynnych rozbiłby dzban. Co by mu z tego przyszło? Za to mag...

– Dlaczego zaklęcia zabezpieczające okazały się za słabe?

– Ściany były nagie, najwyraźniej wiedział, jak je usunąć.

– Musi dysponować niewyobrażalną mocą!

– Nie da się ukryć, panie.

– Kto jeszcze wie o sprawie?

– Tylko ja. Kilku strażników i żołnierzy widziało trupy i wyważone drzwi, które już zostały zamknięte. Sytuacja wróciła do poprzedniego stanu.

– Wracaj do Memfis i zachowuj się jak zwykle.

– Wasza Wysokość... Czy to znaczy, że już wszystko stracone?

– Oczywiście, że nie.

Ramzes wyszedł z namiotu i powiódł wzrokiem dokoła, jakby oglądał swój kraj po raz ostatni. Jako przywódca państwa nie mógł okazać żadnej słabości. Gdy znalazł się sam wobec hetyckiej nawałnicy, wezwał swego niebieskiego ojca Amona i zdołał odwrócić beznadziejną sytuację. Nie spodziewał się, że przyjdzie mu walczyć z jeszcze straszliwszym przeciwnikiem, nie zamierzał się jednak wymawiać od obrony integralności Obu Krajów.

16

Ramesu przemierzał w tę i z powrotem przedsionek prywatnych apartamentów ojca wyłożony lśniącymi niebieskimi płytkami i udekorowany malowidłami przedstawiającymi baraszkujące ptaki. Generał, niewrażliwy na sztukę, nie zachwycał się tymi wyrafinowanymi arcydziełami i zastanawiał się, dlaczego król każe mu tyle czekać.

Gdy pojawiła się Wielka Małżonka Królewska Nefertari, Ramesu był pod wrażeniem jej piękna i elegancji. Nie mógł jednak zapomnieć, że kobieta wygryzła jego matkę, Isetnofret, która teraz skazana była na próżne życie w luksusach. Nefertari, choć wywodziła się z ubogiej rodziny, w pełni zaangażowała się w rolę królowej, zwłaszcza gdy aktywnie uczestniczyła w negocjacjach z Hetytami w celu ustanowienia trwałego pokoju. Według Ramesu, który orędował za przeprowadzeniem potężnej ofensywy i całkowitym wyeliminowaniem przeciwnika, był to niemądry krok. Na nieszczęście Ramzes słuchał małżonki i nie wierzył w powodzenie projektu syna. Generał skłonił głowę, a Nefertari odpowiedziała na jego pozdrowienie.

– Czyżby mój ojciec był chory? – zaniepokoił się.

– Nie, musiał na jakiś czas wyjechać z Pi-Ramzes.

– Planuje jakieś działania wojenne, nie uprzedziwszy mnie?

– Bądź spokojny, to zwykły wyjazd w granicach Egiptu.

– Dokąd i w jakim celu?

– Jego Wysokość nakazał mi milczenie.

– Ale ja jestem jego najstarszym synem i...

– Czyż nie powinniśmy się stosować do zaleceń faraona?

Ramesu, urażony, więcej nie protestował.

– Pod jego nieobecność – ciągnęła Nefertari – zgodnie z tradycją to ja sprawuję rządy. Dziś po południu posiedzenie rady ministrów, zapraszam cię. Przedstawię krzepiący list od hetyckiej królowej.

Nefertari nigdy nie podnosiła głosu, którego łagodność zachwycała najtwardszych mężczyzn. Ramesu usiłował nie ulec urokowi tej niezwykłej kobiety, ale nie był w stanie. Jednak jego obowiązkiem było się nie poddawać.

– Ależ z ciebie ranny ptaszek, córko! – zdziwił się Keku, który właśnie spożywał obfite śniadanie. Nie odmówił sobie plastra wędzonej słoniny i ciepłego placka nadziewanego cieciorką.

Sekhet wyglądała na zakłopotaną i niespokojną.

– Zmieniłam rozkład dnia z powodu nieoczekiwanego spotkania.

– Jakiś wysoko postawiony pacjent?

– O tak, wysoko postawiony... Ale nie pacjent.

– Kim jest ten tajemniczy gość?

– Skryba Setna przyjdzie dziś po południu z papirusem, który chce dla mnie skomentować, i uznałam, że nieładnie byłoby odmówić.

– Świetna decyzja! Szkoda, że nie było go na wczorajszym przyjęciu.

– Niezbyt dobrze się czuje w towarzystwie i woli poświęcić się pracy.

– Wkrótce zostaniemy wezwani do Pi-Ramzes – oświadczył Keku. – Generał Ramesu pragnie oprowadzić cię po nowej stolicy.

Sekhet oddaliła się bez słowa. Keku, zachwycony, poczęstował się kolejnym plastrem słoniny. Los mu sprzyjał. Obaj synowie Ramzesa – wojownik i skryba – byli zauroczeni jego córką! Zapowiadała się zacięta walka, na której on mógł skorzystać.

Sekhet otworzyła drzwi laboratorium. Nie była w stanie trzeźwo myśleć, zaprzątnięta zapowiedzianym przybyciem Setny. Czy całując go w usta, nie posunęła się zbyt daleko? Może się przestraszył i nie będzie chciał jej przeczytać *Maksym* Ptahhotepa? Choć był delikatny i nieśmiały, dysponował potężniejszą mocą niż generał Ramesu, który tak się chełpił swoją siłą fizyczną. Wszystko w Setnie jej się podobało, wszystko ją pociągało i to nowe uczucie, wszechogarniające, niemożliwe do opanowania, napawało ją lękiem. Momentami Sekhet miała ochotę uciec albo zamknąć drzwi przed urzekającym skrybą, ale miała tak wielką ochotę znów go zobaczyć, choćby jeden jedyny raz!

Uzdrowicielka usiłowała się skupić na przygotowaniu mikstury poprawiającej trawienie: wystarczyło odpowiednio dobrać proporcje wyciągu z kminku i mieszaniny olejów. Następnie zamierzała sporządzić tabletki na serce.

Ktoś zapukał do drzwi. W progu stał Stary z naręczem chabrów.

– Trochę rozweselą to miejsce – uznał. – Porozkładać?

Sekhet nie protestowała.

– Wysłałem umyślnych, by odwołali twoje popołudniowe wizyty, tak jak kazałaś, pani.

– Przyjmij wyrazy wdzięczności.

– Z całym szacunkiem, kiepsko wyglądasz. Mam odpowiednie leki na melancholię. Puchar białego wina...

– To nie będzie konieczne. Po obiedzie odpocznę w ogrodzie.

– A, to się dobrze składa – odparł Stary. – Dałem ogrodnikom dzień wolnego. Będziesz miała całkowity spokój.

– Czy mógłbyś przywitać gościa i przyprowadzić go

do mnie? Chodzi o skrybę Setnę, ma mi przynieść pewien papirus.

– Możesz na mnie liczyć, pani.

– Aha... Być może nie przyjdzie. Tak czy owak, proszę, by mi nie przeszkadzano.

– Oczywiście.

Miłość, miłość! – pomyślał Stary, wychodząc z pracowni. Był tak wzruszony, że nie martwił się z powodu drobnego opóźnienia w swoim rozkładzie dnia.

Po powrocie do biblioteki Setna rzucił się na rady starego skryby przeznaczone dla przyszłych pokoleń: „Kochaj pismo i lekturę, odwracaj się od ulotnych przyjemności, spędzaj czas na własnoręcznym pisaniu tekstów, a noc na czytaniu pouczeń przodków. Twoimi prawdziwymi przyjaciółmi są deszczułka, pędzle i zwoje papirusu. Nie zdradzą cię i pozostaną ci wierne. Skryba to najlepsza z profesji, dostarczy ci niezliczonych radości. Jaką wartość w porównaniu z pismami mają rozkosze podniebienia, ubrania, pachnidła? Nie ma nic bardziej wartościowego niż umiejętność czytania i pisania. To skarb cenniejszy niż wielka fortuna".

Mędrzec nie wspominał nic o kobietach, ale też nie zabraniał skrybie się zakochać. Czy jednak nie jest to droga zatracenia, która oddali Setnę od ideału przyszłego kapłana? Mimo to nie mógł zapomnieć tamtego pocałunku i dotyku pachnącego perfumami ciała Sekhet. Życie bez możliwości ponownego ujrzenia jej wydawało mu się nieskończoną katuszą! Ale czy rozsądek nie ostrzegał go przed angażowaniem się w bezcelową przygodę? Sekhet jest dla niego zbyt piękna, ma przed sobą własną karierę, zapragnie wytwornego życia, którego rytm będą wyznaczać przyjęcia i bankiety. Jakże to dalekie od surowej egzystencji kapłana!

Burzliwe rozmyślania Setny przerwało nadejście Bezwłosego. Nauczyciel miał podkrążone oczy i wyglądał na znużonego.

– Oto dokument niezbędny do twojej formacji. Przestudiuj go dogłębnie i naucz się karmić swą myśl tym, co istotne, nie przeciążając pamięci drugorzędnymi szczegółami.

Setna chętnie usłyszałby więcej zaleceń, ale Bezwłosy już wyszedł. Jego krok był dziwnie ciężki. Skryba rozwinął papirus i w miarę lektury ogarniał go coraz większy zachwyt. Tekst mówił o stworzeniu wszechświata przez Słowo, z którego narodził się ocean pierwotnej energii, rozmaite ciała niebieskie, gwiazdy, Słońce i Księżyc, i niestrudzone planety. Dalej następował opis ziemi egipskiej, biegu Nilu, sposobów irygacji, drzew i roślin, upraw. Na koniec lista prowincji, miast i wsi. Zafascynowany Setna odkrywał podręcznik do geografii, którego autor przechodził od treści duchowych do materialnych. Jego kraj nabierał nowego wymiaru i wpisywał się w boski plan Ptaha, twórcy niezliczonych postaci życia. Wiedza młodego skryby nieoczekiwanie się wzbogaciła i pragnął już tylko jednego: przyswoić sobie tę wspaniałą naukę.

Tylko jednego... Nie, nie zapomniał o zaproszeniu Sekhet i o tym, że obiecał jej przeczytać *Maksymy* Ptahhotepa. Jednak Bezwłosy właśnie wyraził nieoczekiwane zalecenie i to był pierwszy obowiązek, który Setna winien spełnić. Czy Sekhet to zrozumie, czy też będzie rozczarowana i na zawsze go odrzuci?

Młody skryba był rozdarty. Musiał dokonać wyboru, którego konsekwencje miały się okazać decydujące. I nikt nie mógł mu w tym pomóc.

17

Statek Ramzesa, pchany silnym północnym wiatrem, szybko zmierzał w stronę Teb, wielkiego miasta na południu, ośrodka kultu boga Amona. Odpowiadając na wołanie faraona, gdy ten pod Kadesz pozostał sam pośród tysięcy Hetytów, Amon wzmocnił jego ramię i dał mu zwycięstwo. Ojciec nie opuścił syna i sprzymierzył się z nim, by rozproszyć nawałnicę nieprzyjaciela.

Flotylla liczyła tylko trzy jednostki: wygodny okręt admiralski i dwa eskortujące. Nawigacją zajmowały się doświadczone załogi. U kresu tej podróży Ramzes miał się dowiedzieć, czy środki ostrożności podjęte w związku z dramatyczną sytuacją, która właśnie się wydarzyła, są naprawdę skuteczne. To prawda, zapieczętowany dzban nie powinien był wpaść w niepowołane ręce. Faraon Seti, który obawiał się mocy ciemności, wziął jednak pod uwagę najgorsze i ustanowił ostatnią linię obrony. Jej uruchomienie należało do aktualnie panującego króla. Procedura ta zakładała podróż do Teb, a dokładniej – do świątyni w Luksorze.

Ciągnącą się wzdłuż wschodniego brzegu Nilu świątynię ufundował Amenhotep III, Ramzes zaś dobudował do niej wielki dziedziniec i dwa pylony, przed którymi ustawił dwa obeliski. „Sekretne miejsce na południu" było nade wszystko przybytkiem królewskiego *ka*, niezniszczalnej substancji przechodzącej z faraona na faraona i pozwalającej każdemu z nich na dokonywanie stwórczych dzieł. Kiedy boskie moce wydawały na świat kolejnego monarchę, królewskie *ka* zstępowało w niego, nie utożsamiając się jednak z ludzką istotą, której powierzono najwyższą władzę. Ta niezmienna siła z zaświatów, niepodlegająca działaniu czasu ani śmierci, przydawała funkcji faraona nadprzyrodzonego wymiaru, bez którego niemożliwe byłoby harmonijne rządzenie krajem i jego ludem.

Był piękny letni poranek i świątynia ukazała się oczom faraona skąpana w świetle. Zgodnie ze słowami hymnu wychwalającego wspaniałość budowli, jej ściany były z elektrum, podłoga ze srebra, a pylony przeszywały niebo, łącząc się z gwiazdami. Wstępu zaś strzegły kolosy Ramzesa, które stanowiły potwierdzenie obecności *ka*.

Jako że król nie uprzedził lokalnych władz o swoim przybyciu, wzbudziło ono niepokój. Skąd ta nieoczekiwana wizyta? Czyżby Ramzes miał im coś do zarzucenia? Strażnicy pośpieszyli powiadomić najwyższego kapłana, którego faraon powołał do zarządzania potężnym zespołem architektonicznym, jaki stanowiły świątynie w Karnaku i Luksorze, połączone ze sobą Aleją Sfinksów. To tutaj odbywały się obchody wielkich świąt, w których uczestniczyła rodzina królewska. Świątynie te czciły obecność niezbędnej dla życia boskiej energii, która ożywiała ducha i ciało. Mimo że Teby nie były już stolicą, pozostawały jednym z pierwszoplanowych miast Egiptu, mogącym się poszczycić niezrównanym bogactwem. Znajdująca się na zachodnim brzegu „Wielka Łąka", czyli Dolina Królów, była miejscem wiecznego spoczynku faraonów Nowego Państwa. Tutaj też miał zostać pochowany Ramzes Wielki.

Na spotkanie władcy wyszedł Baken*, wielki kapłan Amona. Jego atrybutem było długie berło, był bowiem pierwszym sługą boga, który mieszkał w jego sercu. To on zawiadywał licznym personelem złożonym z kapłanów, rzemieślników, rolników i ogrodników. Centrum duchowości, jakim była świątynia Amona, było także ważnym ośrodkiem gospodarczym. Trafiało tu wiele artykułów, których jakość trzeba było zweryfikować przed dalszą dystrybucją. Karnak nieustannie się zmieniał, gdyż każdy faraon wznosił tu nowe budowle. Ramzes nie był wyjątkiem. Kontynuując dzieło swego ojca Setiego, budował ogromną salę kolumnową, miejsce rozkwitu sił stwórczych. Budowę Luksoru ukończono na-

---

* Jego pełne imię brzmiało Bak-en-Chonsu, „sługa Chonsu", boga-wędrowca (przemierzającego niebo), który był synem Amona i jego małżonki Mut.

tomiast w trzecim roku panowania Ramzesa. Siedziba królewskiego *ka* ożywała podczas uroczystych obrzędów, takich jak odnowienie świętych zaślubin między faraonem i królową.

Faraon kontemplował widok obelisków, kamiennych iglic, których zadaniem było rozpraszanie złowrogich chmur zagrażających integralności świątyni. Między dwiema wieżami pylonu o świcie wschodziło zmartwychwstałe słońce, zwycięzca ciemności. Wielki kapłan skłonił się przed Panem Obu Krajów.

– Witaj, Wasza Wysokość. W jaki sposób mogę ci usłużyć?

Ramzes wiedział, że słowa kapłana nie są tylko grzecznościową formułką. Baken zaliczył wszystkie stopnie hierarchii, wcale nie pragnąc znaleźć się na szczycie. Pracował niezmordowanie, zapominając o sobie i myśląc tylko o dobru świątyń i ich personelu. Nieprzekupny, nieprzejednany, cieszył się przywiązaniem podwładnych i nawet najgorsi kpiarze nie mieli mu nic do zarzucenia.

– Przybywam ze straszną nowiną, Bakenie. Niech kapłani, którzy są w świątyni, wyjdą.

Rozkaz został natychmiast wykonany. Ramzes i wielki kapłan przeszli przez próg i zanurzyli się w cichej, świętej przestrzeni. Światło grało tu z cieniem, posągi lśniły, kamienne kolumny ożywiała boska energia. Wolnym krokiem król przemierzył pierwszy dziedziniec, przeszedł długą kolumnadą do drugiego, zbudowanego przez Amenhotepa III, i otworzył drzwi zadaszonej świątyni.

Do sanktuarium mógł wchodzić tylko faraon lub jego symboliczny przedstawiciel.

– Jeśli Zło przekroczy tę granicę, wielki kapłanie, nasz świat ulegnie zagładzie.

– Kiedy Stwórca się uśmiechnął, narodzili się bogowie. Kiedy zapłakał, narodzili się ludzie. Ludzie są łzami boga. Buntując się przeciw światłu, położyli kres złotemu wiekowi, zasiali przemoc i nienawiść, sprzymierzyli się z ciemnościami. Ale bóg nas nie opuścił, ponieważ pozwolił, by nasze serca pamiętały o konieczności składania codziennej ofiary. Dzięki rytuałom udaje nam się pokonać Zło i zachować Życie. A ty, panie, podtrzymujesz nadzieję, będąc gwarantem urzędu faraona.

– Ta nadzieja jest dziś bardzo słaba...

– Czyżby Hetyci znowu grozili nam najazdem?

– Zagrożenie jest znacznie poważniejsze, Bakenie. Chodź za mną.

Wnętrze zadaszonej świątyni oświetlała tylko jedna lampa. Wszedłszy do sanktuarium, mężczyźni pogrążyli się w modlitwie.

– Czyż prorocy nie zapowiedzieli nam zagłady? – zapytał Ramzes.

– Tarcza słońca zgaśnie, jak jest napisane, i nikt nie będzie się cieszył jego promieniami. Wiatr południowy zderzy się z północnym, niebiosa zostaną rozdarte, rzeka utraci wodę, ponieważ boskie światło postanowi opuścić ludzkość. Nie da się już odróżnić południa od północy, ziemia stanie się jałowa, ludzie przestaną wylewać łzy, gdyż nie będą już ich mieli. Czyżby ta chwila nadeszła, panie?

– Przeklęty grobowiec został sprofanowany, zapieczętowany dzban ukradziono.

W ramach wtajemniczenia w wielkie misteria, które było konieczne do sprawowania funkcji najwyższego kapłana, Baken poznał nauki ozyryjskie, wiedział więc o istnieniu groźnego skarbu. Usłyszawszy tę straszliwą nowinę, zbladł.

– Ale przecież byliśmy pewni, że taka tragedia nie może się zdarzyć!

– Być może popełniliśmy fatalny błąd.

– Czy znamy tożsamość sprawcy?

– Niestety nie. Śledztwo jeszcze się nie zaczęło, musiałem odłożyć wszystkie sprawy i przybyć tutaj.

Baken rozumiał pośpiech Ramzesa. Czyżby kraj miał do dyspozycji jakąś ostatnią możliwość obrony? Wielki kapłan stanął w pewnej odległości, król zaś podszedł do relikwiarza pokrytego złotem, skórą bogów. Pociągnął rygiel, „palec Seta", i powoli otworzył drzwi. Albo energia *ka* zniknęła, a wówczas cywilizacja faraonów skazana jest na rychły upadek, albo jest jedyną mocą zdolną przeciwstawić się sile, którą stopniowo będzie uwalniał czarny mag. Jeśli nie zniknęła, objawi swoją obecność.

Początkowo ciemności się utrzymywały i Baken obawiał się ostatecznej klęski. Potem granit, „piękny kamień wieczności", zaczął emanować delikatnym blaskiem, który słabo oświetlił twarz monarchy. Faraon ukląkł w modlitewnej pozie, złączywszy uniesione dłonie. Światło przybrało na sile i ogarnęło postać Ramzesa. Narastało dalej, aż zalało całe sanktuarium. Baken, także w postawie uwielbienia, odczuł intensywne ciepło, nie doznał jednak oparzeń.

Ramzes zamknął drzwi relikwiarza, starł z posadzki swoje ślady i w towarzystwie wielkiego kapłana wyszedł ze świątyni.

– Energia *ka* jest nietknięta – oświadczył. – Każdego dnia wypowiadaj formuły wysławiające jej promieniowanie. Gdyby *ka* zniknęło, nie mielibyśmy żadnych szans na zwycięstwo.

Zwyciężyć? – zapytał sam siebie kapłan. Czy to naprawdę możliwe?

Nie zwlekając, Ramzes wyruszył w drogę do stolicy.

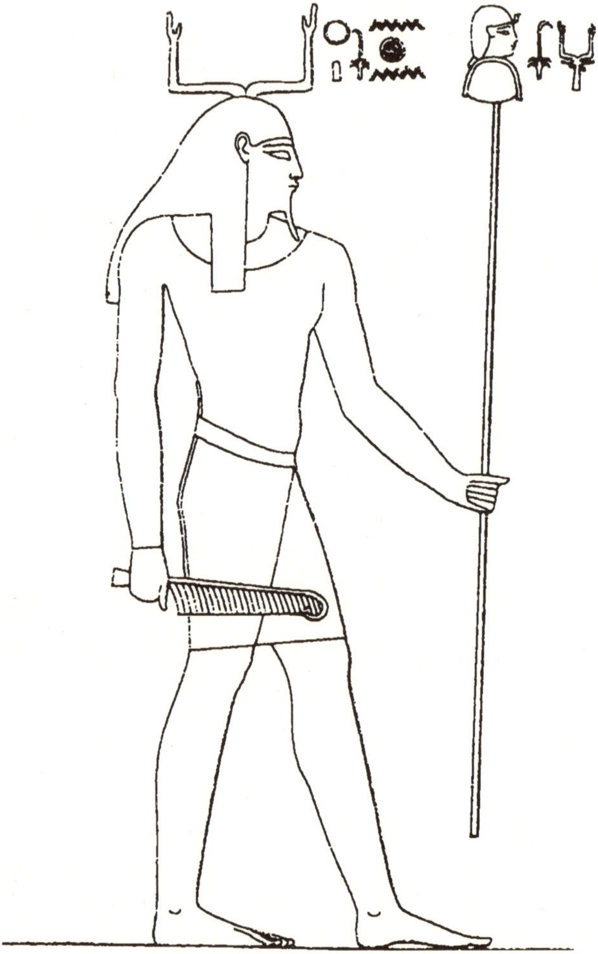

Królewskie *ka*, stwórcza energia przekazywana z faraona na faraona (za Champollionem).

18

Było wczesne popołudnie i żar lał się z nieba. W tej poobiedniej porze zwierzęta i ludzie potrzebowali regenerującej sjesty. Setna nie czuł upału i raźnym krokiem dotarł do posiadłości Keku. Napotkał jednak niespodziewaną przeszkodę. Brama była zamknięta. Przed nią na ułożonej w poprzek macie leżał strażnik. Spał. Obok jego głowy stał dzban z chłodnym młodym winem.

Skryba wahał się, czy obudzić starszego mężczyznę, nie śmiał jednak przejść nad nim ani sforsować drzwi. Czekał w nadziei, że strażnik się obudzi. Ale nic z tego. A jeśli Sekhet będzie mu miała za złe nieobecność i nie zechce go więcej widzieć? Młodzieniec, skrępowany, dotknął ramienia śpiącego. Jedynym rezultatem było chrapnięcie. Mężczyzna przełknął ślinę i powrócił do swoich snów. Sytuacja stawała się niewesoła.

Setna dał sobie ostatnią szansę. Pogodziwszy się z klęską, odważył się potrząsnąć przeszkodą. Stary otworzył oczy.

– Co jest?

– Mam na imię Setna, przynoszę papirus dla Sekhet.

Stary ziewnął, potarł powieki, chwycił dzban, odkorkował i upił łyk cudownego różowego wina, jedynego lekarstwa na upały.

– Pomóż mi wstać, chłopcze. To nie jest najlepsza pora na gimnastykę dla człowieka w moim wieku.

Setna złapał go za rękę i zarządca przy akompaniamencie strzelających stawów zdołał się podnieść.

– Przeklęta starość! Wszystko człowieka boli i nie ma żadnych widoków na poprawę. Jak ci na imię?

– Setna.

– A, tak, pani wspominała mi o tobie. Oczywiście, już otwieram. Muszę się stosować do instrukcji, ostrożności nigdy dosyć. Czasem włóczy się tu jakaś hołota.

Wchodząc na teren posiadłości, Setna zastanawiał się, czy nie zrobiłby lepiej, gdyby wziął nogi za pas i wrócił do studiowania traktatu geograficznego. Zapach jaśminu sprawił, że porzucił tę myśl. Poczuł szaloną ochotę, by zobaczyć zalany słońcem ogród. Co mu szkodzi przeczytać parę maksym Ptahhotepa? Ruszył za Starym, który usilnie szukał cienia. Nagle drogę zastąpił im potężny czarny pies o brązowych ślepiach. Z pyska zwisał mu różowy język. Dumna postura zwierzęcia budziła respekt. Stary, nie okazując najmniejszego lęku, podrapał psa po głowie.

– Geb, coś takiego, przecież powinieneś spać! Ten gość nie stwarza żadnego zagrożenia, zobacz sam.

Między Setną i Gebem natychmiast zawiązała się nić

porozumienia. Pies polizał skrybę po ręce, spojrzał na niego uważnie i pozwolił się pogłaskać.

– To nasz najlepszy strażnik – oświadczył Stary. – Gdyby cię nie zaakceptował, wyrzuciłbym cię za drzwi!

Geb, zadowolony z rezultatu inspekcji, wrócił na legowisko pod palmą.

– Chłopcze, pójdziesz tą alejką prosto, w kierunku basenu. Tam znajdziesz moją panią.

Setna został sam. Pozostało mu już tylko konsekwentnie iść do przodu.

Stary kopnął w tyłek drzemiącego masztalerza.

– Zmykaj, mały! Przecież dałem ci wolny dzień.

Winowajca czym prędzej się ulotnił. Personel rezydencji nie rozumiał tej nagłej dobrotliwości zarządcy, który zazwyczaj nie zgadzał się na dodatkowe wolne dni.

Stary zadbał o to, by młodym nikt nie przeszkadzał. Ogród był do ich dyspozycji. Może to właśnie tutaj miała zapaść decyzja o ich dalszym losie? Spokojny, usiadł obok Geba. Gdyby pojawił się jakiś intruz, pies na pewno go zauważy.

A jednak przyszedł! Gdy Sekhet zauważyła Setnę, od razu ruszyła mu naprzeciw. Miała rozpuszczone włosy i prawie niewidoczny makijaż. W krótkiej tunice z cienkiego lnu wyglądała wyjątkowo zgrabnie.

– Jaki piękny dzień – oświadczył, kurczowo trzymając papirus.

– Nie pocałujesz mnie?

– Tak, tak, oczywiście!

Ich wargi spotkały się po raz drugi i Setna znowu poczuł intensywne wzruszenie.

– Usiądźmy na brzegu – zaproponowała.

Cień sykomor był orzeźwiający, na powierzchni wody unosiły się niebieskie i białe kwiaty lotosu. Setna, któremu zaschło w gardle, dał się poczęstować pucharem soku z winogron. Lekki wiatr szemrał w liściach drzewa, we włosach dziewczyny igrało słońce. Skryba pośpiesznie rozwinął papirus.

– Wybór wśród maksym Ptahhotepa nie był łatwy – tłumaczył się zdenerwowany. – Wszystkie są ważne i...

Sekhet uśmiechnęła się rozbrajająco.

– Słucham cię.

– Człowiek wielkoduszny jest darem boga, pisze mędrzec, a ten, kto słucha tylko własnego żołądka, ulega swemu wrogowi. Nie bądź zbyt lekkomyślny.

– Pożyteczna wskazówka – przyznała Sekhet. – Napisał też: jeśli jesteś zacnym mężem, zbuduj dom, żarliwie kochaj swą małżonkę i sprawiaj, by przez całe życie była radosna. Żona o radosnym sercu panuje nad życiową energią.

Setna był zaskoczony.

– Ależ ty... znasz *Maksymy*, pani!

– To jedna z moich pierwszych lektur, dzięki nim

polubiłam naukę. I tak jak ty, wcale się nią nie nudzę. Co sądzisz o zaleceniach w kwestii ukochanej kobiety?

– Nie można by tego lepiej ująć, ja...

– Mówiłeś, że potrafisz pływać?

– Brat sprawił, że bardzo wcześnie musiałem zacząć sobie radzić, i...

– To chodźmy do wody!

Wdzięcznym, a zarazem naturalnym gestem zdjęła tunikę. Setna stał oniemiały, nie mogąc oderwać oczu od jej smukłego, doskonałego ciała.

– Będziesz się kąpał w ubraniu?

Zrzucił przepaskę, wziął dziewczynę za rękę i razem weszli do basenu.

Przyjemny dotyk wody wreszcie rozluźnił Setnę. Bawili się w berka, dotykali się, oddalali od siebie, to znów zbliżali, śmiejąc się w głos. Gdy dziewczyna dopłynęła do końca basenu, zatrzymała się, przytuliła Setnę i nie wypuszczała z objęć.

– Czy to właśnie jest miłość? Ta pewność, że nie mogę bez ciebie żyć? – zapytała.

Spojrzenie skryby się zmieniło. Patrzył na nią z wielkim natężeniem, a jego oczy wyrażały całą głębię uczucia.

– Jesteś moją pierwszą miłością – oznajmił. – I będziesz jedyną kobietą w moim życiu.

Nastąpił trzeci płomienny pocałunek, a ich ciała, drżące z pożądania, złączyły się w namiętnym uścisku.

19

Generał Ramesu był już znużony wyczekiwaniem w swojej luksusowej rezydencji w Pi-Ramzes. Za dnia przeprowadzał inspekcje koszar i stajni, dowodził ćwiczeniami, sprawdzał uzbrojenie. Wieczorami często bywał gościem honorowym na przyjęciach, podczas których dziewczęta z dobrych domów okazywały mu żywe zainteresowanie. Gdy wracał do siebie, nurtowało go wciąż to samo pytanie: gdzie się podziewa ojciec i dlaczego Nefertari milczy? Ramesu wziął udział w kilku zebraniach rady ministrów pod przewodnictwem Wielkiej Małżonki, którego nikt nie kwestionował. Królowa potrafiła słuchać i rozstrzygać i znakomicie wywiązywała się ze swej funkcji, obiecując jednocześnie rychły powrót faraona. Powątpiewanie w prawdziwość jej słów byłoby obrazą.

Odprawiwszy dotychczasową kochankę, Syryjkę, która zarządzała należącym do domu królowej warsztatem ceramicznym, Ramesu, cały w nerwach, napisał list z pogróżkami do Keku. Jego nominacja na stanowisko ministra gospodarki miała rychło nastąpić, wiadomo było, że obecny urzędnik, schorowany, wkrótce zrezygnuje, a Keku miał na dworze znakomite notowania. Ramesu żądał szybkiej i pozytywnej odpowiedzi w sprawie małżeństwa z Sekhet. Wykręty dziewczyny zaczynały go już irytować i bliski był uznania ich za obrazę honoru rodziny królewskiej. Keku jako ojciec i przyszły minister winien użyć całego swego autorytetu, aby przywieść ją do rozumu i przekonać, by doceniła tę szansę. Być obiektem pożądania starszego syna Pana Obu Krajów i odrzucać jego zaloty, cóż za szaleństwo! Zabawa się skończyła, generał chciał założyć rodzinę i wiedział, jak uszczęśliwić żonę. Oczywiście żadne prawo nie nakazuje Sekhet ustąpić, ale kolejna odmowa nie obędzie się bez konsekwencji.

Ramesu wręczył zapieczętowany list adiutantowi i nakazał wysłanie go pocztą wojskową, by szybciej dotarł do adresata.

– Stało się coś dziwnego, generale.

– Mów.

– Zgodnie z twoimi instrukcjami Ched Wybawca został objęty nadzorem. Okazało się, że widziano go w Pi-Ramzes. Właśnie przyjechał.

– Sam czy z Setną?

– Sam. Mieszka w pałacu faraona.

– Kolejny awans?

– Nic nam o tym nie wiadomo.

Ramesu był zaintrygowany. Ched, którego dopiero

co powołano na zarządcę zbrojowni w Memfis, nie zdążył się jeszcze wykazać i nie zasługiwał na wezwanie na dwór w Pi-Ramzes! Tę zagadkę trzeba było wyjaśnić. Teraz jednak generał wybierał się z wizytą do swojej matki, Isetnofret, która prowadziła spokojne życie, zajmując się wolierą, ogrodem i szkołą muzyczną. Mówiła, że jest zadowolona ze swojego losu. Ramesu nie znosił ustępować. Już miał wychodzić, ubrany w ściśniętą paskiem tunikę, z piękną miedzianą bransoletą, na której wygrawerowano jego imię, gdy zatrzymał go zarządca domu.

– Jakiś oficer straży królewskiej chce cię widzieć, panie.

Żołnierz pozdrowił królewskiego syna.

– Jego Wysokość wrócił. Prosi, byś niezwłocznie przybył do pałacu.

Ramesu zdziwił się, ujrzawszy niewielką, raczej ciemną salę w skrzydle budynku, w którym mieściły się archiwa. Zastał tam pięciu mężczyzn. Ramzesa, Cheda Wybawcę i trzech krzepkich zuchów około trzydziestki. Jednego z nich znał. Był to dowódca piechoty, który zmiażdżył Hetytów pod Kadesz. Najwyraźniej dwaj pozostali również byli żołnierzami.

– Tutaj nikt nas nie podsłucha – oświadczył król. – Przysięgnijcie na moje imię, że nikomu nie powiecie o misji, którą wam powierzę.

Mężczyźni z pewnym niepokojem wykonali polecenie. Ten wstęp nie wróżył niczego dobrego.

– Ty, Ramesu, postaw wojsko w stan gotowości, ale oficjalnie tego nie ogłaszaj. Niech wszystkie korpusy w razie potrzeby będą gotowe do interwencji.

– Wiedziałem! Hetyci nie porzucili zamiaru, by nas zaatakować! Dyplomacja, pokój... Mrzonki! Tym razem zetrzemy ich w pył.

– Naucz się panować nad językiem, synu, zagrożenie jest innego rodzaju. I być może nasza wojskowa potęga tutaj nie wystarczy. Niemniej jednak nie mogę lekceważyć żadnej możliwości obrony.

– Żadna armia nie jest w stanie nas pokonać! Ręczę za to głową.

– Wróg nie jest jedynie ludzkiej natury – oświadczył król.

Choć piątka żołnierzy dowiodła swej odwagi w starciu z groźnymi przeciwnikami, ton Ramzesa i treść jego słów zmroziły im krew w żyłach.

– Z kim więc trzeba będzie walczyć? – zapytał Ramesu.

– Nie wiem – przyznał król. – Musimy to odkryć.

Zgromadzeni wpatrywali się w niego z napięciem.

– Zaświatami rządzi Ozyrys – przypomniał Ramzes. – I sądzi nasze czyny. On i jego trybunał ocenią, czy na tej ziemi zostaliśmy „usprawiedliwieni głosem" i czy jesteśmy godni przejść przez bramę wieczności. Celebrując misteria Ozyrysa, nasi przodkowie zebrali jego nieśmiertelną energię w zapieczętowanym dzbanie, który powinien pozostać poza zasięgiem ludzi. I pozostawał. Aż do tej pory.

Po tym oświadczeniu zapadło ciężkie milczenie. Jakie są rozmiary katastrofy?

– Zapieczętowany dzban ukryto w grobowcu, który za względu na magiczną ochronę nazwano „przeklętym", i wydawało się, że jest on tam absolutnie bezpieczny. Sądziliśmy, że jest nie do zdobycia, i to był dramatyczny błąd. Grobowiec został zbezczeszczony i mimo zapór założonych przez uczonych naszego królestwa złodziej przywłaszczył sobie skarb. Skarb, który w jego rękach może się stać najbardziej przerażającą bronią. Kim jest złodziej? Tego właśnie musimy się jak najprędzej dowiedzieć.

– Ja się tym zajmę – oświadczył Ramesu.

– Powierzyłem ci konkretne zadanie – przypomniał król. – Masz utrzymywać armię w stanie gotowości, będziesz mi zdawał codzienne raporty. Ryzykownym śledztwem zajmie się Ched Wybawca wraz z trzema podwładnymi, których osobiście wybrałem.

– Ale Ched jest bardzo młody – zaoponował generał.

– Postawa, jaką wykazał się w Nubii, dowodzi jego dojrzałości – uznał władca. – Znam też jego oddanie. Tylko niewielki zespół, niezwracający na siebie uwagi, zdoła podjąć pierwsze kroki.

– Czy pozwolisz mi skorzystać z pomocy Setny, panie? – zapytał Ched.

Ramesu wybuchnął śmiechem.

– Mój brat nie jest człowiekiem czynu! Ma tylko jedno marzenie: zostać kapłanem w Memfis. Nie mieszajmy go w tę sprawę.

Ched nie nalegał, zadał natomiast pytanie, które cisnęło mu się na usta:

– A jeśli złodziejem jest jakiś demon nie z tego świata?

– Ustalenie tego to zadanie dla ciebie i twoich towarzyszy – odparł Ramzes. – Jeśli okaże się, że tak jest, nasi magowie go zgładzą.

– Wasza Wysokość, czy człowiek byłby w stanie popełnić taką zbrodnię?

Przez chwilę Ramzes wyglądał na zatroskanego, ale z racji swego urzędu nie mógł się poddać zwątpieniu.

– Jestem przekonany, że tak.

– W takim razie ten czarownik dysponuje nadzwyczajną mocą! – wykrzyknął Ramesu.

– Kiedy ludzie zbuntowali się przeciw światłu – powiedział król – stali się synami ciemności. Jeśli któryś z nich zdołał odnaleźć zaklęcia unicestwiające i użyć ich, był też w stanie złamać magiczne zapory przeklętego grobowca i dziś jest w posiadaniu zapieczętowanego dzbana, który zmieni w źródło zabójczej energii. Jego celem jest ustanowienie królestwa śmierci.

Pięciu mężczyzn zadrżało.

– Jeżeli za tym występkiem stoi jakiś duch pustynny, nasi magowie odpędzą go, gdy znajdziecie jego siedzibę, a my odzyskamy skarb Ozyrysa. Jeśli to czarnoksiężnik, to na pewno zostawił jakieś ślady, a wy z narażeniem życia spróbujecie do niego dotrzeć. Teraz jeszcze możecie się wycofać.

– Jestem do twoich usług, Wasza Wysokość, i czuję się dumny, że wyznaczyłeś mnie do tej misji – oświadczył Ched Wybawca.

Trzej podwładni Cheda potwierdzili te słowa skinieniem głowy.

– Jeśli faraon wyśle mnie na front, stanę na wysokości zadania – dodał generał Ramesu.

Ramzes doceniał odwagę i determinację tych śmiałków. Ale czy one wystarczą, by odnieść zwycięstwo?

20

Księżyc świecił, chmury szybko płynęły po niebie. Gdy jedna z nich przybrała dziwny kształt długiego zwierzęcego łba z uszami, czarownik wiedział, że jego wezwanie do ducha ciemności zostało wysłuchane i że nawiązał z nim kontakt. Rozłożył na ziemi prześcieradło poplamione krwią barana, któremu rano poderżnął gardło, a potem narysował na płótnie grawerowaną bransoletę Ramesu i wpisał jego imię. Hieroglify zaczęły z wolna falować. Przenikając jedne przez drugie, rozdarły zasłonę czasu i przestrzeni.

Mag ujrzał niewielkie pomieszczenie pałacu w Pi-Ramzes, dokąd wezwano Ramesu. Oczy syna faraona były jego oczami. Uczestniczył więc w spotkaniu, podczas którego faraon powierzał wybranym żołnierzom misję pierwszorzędnej wagi. Generał nie stanowił zagrożenia, w przeciwieństwie do pozostałej czwórki, która miała namierzyć czarownika. Ten zaś dobrze się bawił. Postanowił przygotować dla nich wspaniałe niespodzianki.

* * *

Promień słońca oświetlił śniadaniowy stolik, na którym służąca położyła tacę z kubkiem mleka, daktylami, plackiem na ciepło z bobem i dwoma plastrami słoniny. Keku już miał skosztować tych wszystkich pyszności, kiedy jakiś cudowny głos zaintonował melodię tak pełną słodyczy, że wszyscy domownicy nadstawili uszu. Była to radosna pieśń, wysławiająca przebudzenie do życia za sprawą pierwszych promieni słońca, które zwyciężyły noc. Keku poddał się magii śpiewu. Jego oczom ukazała się rozradowana Sekhet.

– Droga córko, pozwól ojcu pokłonić się przed pięknem twojego talentu! Usiądź przy mnie i zjedzmy razem.

Oczy dziewczyny się śmiały.

– Jestem głodna – przyznała.

Stary znał powód owego rozanielenia, trzymał go jednak w tajemnicy. Poza tym miał pilne zadanie do wykonania: doręczyć Keku wiadomość z Pi-Ramzes. Właściciel dóbr złamał pieczęć generała Ramesu.

– Zawiadomienie o mianowaniu? – zapytała Sekhet.

– Być może.

W miarę lektury Keku miał coraz bardziej skwaszoną minę.

– Złe wieści, ojcze?

– Starszy syn faraona przesyła mi rozkaz: mam cię przekonać, byś go poślubiła. Jego cierpliwość jest na wyczerpaniu, a konsekwencje jego gniewu mogą się okazać groźne.

– Ja się ich nie boję! Niech się ożeni z kimś innym, w Pi-Ramzes na pewno nie brakuje ładnych kobiet.

– Niestety, chce ciebie. I to już.

– Nie ma mowy!

– Sekhet, jestem zaniepokojony, ten list brzmi jak pogróżki. Generał Ramesu to jedna z najważniejszych osób w państwie, ma rozległe wpływy. Gotów nam spuścić srogie baty i złamać moją karierę. Niestety! To nie jest zwykła historia miłosna, proszę cię, spójrz, jaka jest rzeczywistość.

– Rzeczywistość nie zmienia mojej decyzji.

– Droga córko, jesteśmy w tarapatach. Niechcący zawróciłaś w głowie synowi Ramzesa, wyznaczonemu na następcę tronu. Pewnego dnia zostaniesz królową Egiptu. Przyznaję, że to zawrotna perspektywa. Ale czasami los narzuca nam swoje wyroki. Jesteś wystarczająco inteligentna, by to zrozumieć.

– Ojcze, bardzo mi przykro, ale nie poślubię generała Ramesu.

– Sekhet, sytuacja jest poważna, proszę, zastanów się. Gdybyś jeszcze kochała innego, zrozumiałbym twój upór.

– No cóż... – Dziewczyna odwróciła się i spojrzała na ogród.

– Wyjaśnij, co masz na myśli.

– Trudno mi o tym mówić.

– Zważywszy na okoliczności, chyba jesteś mi winna prawdę?

– Setna i ja się kochamy.

– Setna, młodszy syn Ramzesa... Czy jesteś pewna swoich uczuć?

– Tak.

Keku wyglądał na zakłopotanego.

– Setna wybrał mało błyskotliwą karierę skryby i kapłana w Memfis. Ramesu czeka najwyższa władza w państwie. Nie pozwoli bratu, by cię poślubił.

– Czyżby generał był wszechmocny?

– Sekhet, jesteś taka młoda! Ambicje często idą w parze z okrucieństwem. Boję się reakcji Ramesu.

– Bądź po mojej stronie, a nie będzie miał nic do powiedzenia!

– Nie podzielam twojego optymizmu. Zanim odpowiem generałowi, chcę porozmawiać z Setną.

Szczęście, jakie przeżywał Setna, sprawiało, że czuł się jednocześnie lekko i poważnie. Lekko, gdyż szalona miłość zalewała jego serce, uwalniając je od trosk. Poważnie, ponieważ miał pełną jasność umysłu. Przyswoiwszy sobie w ciągu dwóch nocy treść traktatu geograficznego, czuł się gotowy do odpowiedzi na pytania Bezwłosego. Czuł się też gotów, by poślubić Sekhet. Z tego właśnie powodu wybrał się do jej okazałego domu, przekonany, że dziewczyna na niego czeka. Szczęście, które przeżyli, nie było czymś ulotnym. Zamierzali przemienić ową chwilę zjednoczenia w długie wspólne życie i nie rozstawać się nawet za bramą śmierci. Późnym rankiem stanął przy bramie posiadłości.

– Czego chcesz, chłopcze?

– Widzieć się z panią Sekhet.

– A czego od niej chcesz?

– Nie twoja sprawa.

– Wszystko jest moją sprawą i nie wpuszczam byle kogo.

– Radzę ci, byś zawiadomił swoją panią.

– Ach tak? A jeśli nie, to co mi zrobisz?

Rozległo się szczekanie, które zaskoczyło strażnika.

– Otwórz – rozkazał Stary.

Rozkaz został niezwłocznie wykonany.

– Geb dał mi znać, że jesteś – wyjaśnił zarządca. – Chodź za mną.

Czarny pies polizał kostkę Setny, który pogłaskał go po boku. Między tą dwójką zawiązała się prawdziwa przyjaźń.

– Mam cię zaprowadzić do Keku – poinformował Stary. – Ojciec Sekhet chce z tobą pomówić.

Spotkanie było nieuniknione. Lepiej zmierzyć się z tą przeszkodą jak najszybciej.

– Bądź szczery, chłopcze – poradził mu mężczyzna.

Sala, w której Keku przyjmował interesantów, wsparta była na dwóch smukłych bladozielonych kolumnach, a jej ściany zdobiły sceny z życia wiejskiego. Tężyzna fizyczna pana tego miejsca i jego przenikliwy wzrok budziły respekt gości. Setna nie był wyjątkiem, jednak nawyk medytacji i praktyka *Nauk* pozwoliły mu zachować spokój, który zadziwił jego samego. Keku, który siedział w solidnym fotelu na lwich łapach, zaproponował skrybie mebel o niskim oparciu.

– Czuję się zaszczycony, mogąc gościć u siebie syna naszego umiłowanego króla, ale nie zamierzam się rozwodzić na temat życia towarzyskiego Memfis. Obaj wiemy, że musimy poruszyć delikatny temat, jakim jest przyszłość mojej córki.

– Kocham ją i pragnę poślubić. Proszę więc o twoją zgodę, panie.

– Brawo za szczerość, książę! Pójdę w twoje ślady: dziś rano otrzymałem list od twojego starszego brata, generała Ramesu. On także pragnie, by Sekhet została jego żoną.

Setna nie tracił spokoju.

– Wybór należy do twojej córki, panie.

– Oczywiście, oczywiście... Ale rozumiesz, jak trudne jest moje położenie!

– Ramesu jest generałem, wodzem armii i przyszłym faraonem, a ja prostym skrybą, którego jedyną ambicją jest zostać kapłanem w świątyni. Mam świadomość przepaści, jaka nas dzieli, i rozumiem, że pragniesz dla swojej córki świetlanej przyszłości, panie. Mimo to powtarzam i podkreślam: czyż decyzja nie należy do niej i tylko do niej?

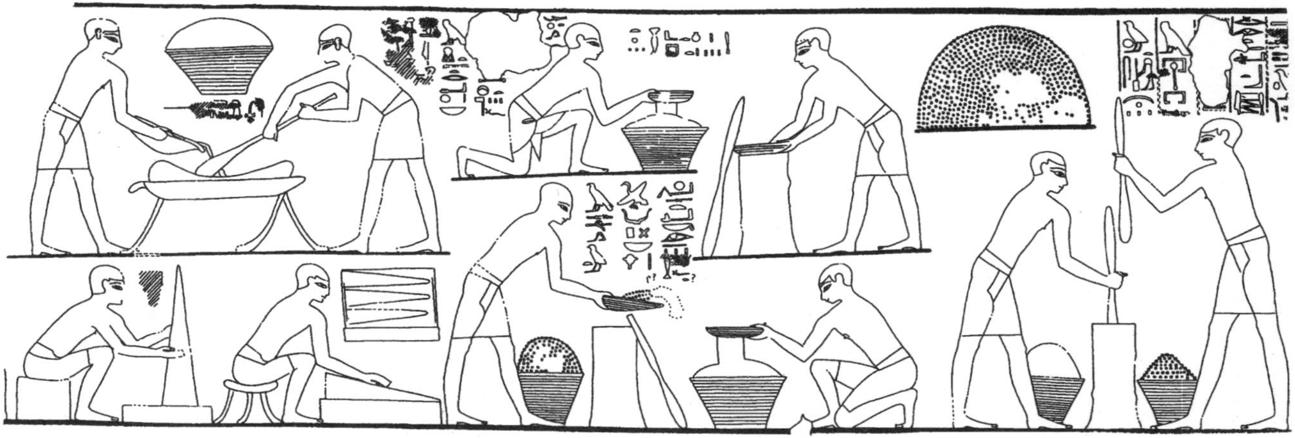

Piekarze przy pracy (grobowiec Rechmire).

21

Determinacja, dojrzałość i spokój młodzieńca zaskoczyły Keku. Choć tak bardzo różnił się od Ramesu, posiadał nie mniej niż on zalet i był godnym synem faraona. Niełatwo manipulować człowiekiem o tak mocnym charakterze.

– Masz rację, książę. W Egipcie pod władzą Ramzesa kobieta jest wolna i może poślubić mężczyznę, którego sobie wybierze, nawet wbrew opinii swojego ojca. Takie jest prawo i uważam, że jest ono znakomite!

Na ustach skryby pojawił się nieznaczny uśmiech.

– Czuję się jak winogrono w prasie – ciągnął Keku. – Twój brat jest bardzo wpływową osobą, przyzwyczaił się dostawać to, czego pragnie.

– Jego gniew spadnie na mnie. Nie boję się go, dojdziemy do porozumienia.

– Nie zostanę oszczędzony – skarżył się Keku. – Miałem nadzieję na urząd ministra gospodarki, chciałem, by kraj miał pożytek z moich umiejętności, ale Ramesu z zemsty zagrodzi mi drogę.

– To byłoby niesprawiedliwe!

– Szczęście córki jest dla mnie ważniejsze niż moja kariera.

– Porozmawiam z ojcem i przedstawię mu szczerze całą sytuację – obiecał Setna. – Jeśli uważa, że nadajesz się na ten urząd, powierzy ci go. To on rządzi, nie Ramesu.

– Dziękuję ci za ten krok, który obiecałeś poczynić, książę. Czuję się głęboko poruszony.

Wstał. Skryba uczynił to samo.

– Pozostaje mi wysłuchać ostatecznego zdania mojej córki.

– Czy zgadzasz się, bym porozmawiał z nią wcześniej, nie kryjąc trudności, jakie nas czekają, panie?

– Wierzę, że wszystko dokładnie jej wyjaśnisz. Kiedy Sekhet podejmie decyzję, niech tu do mnie przyjdzie, by mnie o niej poinformować. W zależności od tego podejmę dalsze kroki.

– I jak, dobrze poszło? – chciał się dowiedzieć Stary.

Geb, który mu towarzyszył, patrzył na Setnę wielkimi, pytającymi oczami.

– Wszystko zależy od Sekhet – odparł książę.

Czarny pies odprowadził mężczyzn do laboratorium. Stary zapukał. Sekhet uchyliła ciężkie drewniane drzwi. Na widok Setny jej twarz się rozpromieniła.

– Rozmawiałem z twoim ojcem.

– Wejdź! – Przyciągnęła go do siebie i zamknęła drzwi.

– Chodź, napijemy się – odezwał się Stary do Geba. – Ach, miłość, miłość...

Setna z zachwytem rozglądał się po prywatnym uniwersum uzdrowicielki. Dziwny świat, pełen fiolek, słoików, pucharów z proszkami, kolorowymi płynami i innymi intrygującymi substancjami. W powietrzu unosiły się nieznane zapachy. Skryba przytulił dziewczynę.

– Sama przygotowujesz lekarstwa?

– Jako farmaceutka tym się właśnie zajmuję, ale przede mną jeszcze dużo nauki. Przełożona kapłanek Sechmet stopniowo przekazuje mi swoją wiedzę. Dzięki papirusowi spisanemu przez światło księżyca opracowałam nowe przepisy. A jak tam mój ojciec?

Zanim Setna udzielił odpowiedzi, pocałował Sekhet. Gdyby tak mógł zatrzymać czas, wiecznie przeżywać tę jedność, rozpłynąć się w poczuciu szczęścia. Niestety, nie miał takiej władzy.

Dziewczyna odsunęła się delikatnie.

– Co powiedział?

– Wyjawiłem mu, że pragnę cię poślubić, a on poinformował mnie o identycznych zamiarach innego pretendenta do twojej ręki, którym jest mój starszy brat Ramesu.

– Przecież ojciec wie, że stanowczo odmawiam!

– Obawia się gniewu Ramesu i ewentualnych szykan.

– Pogróżki niczego nie zmienią!

– Sekhet, zagrożenie jest realne. Mój brat nie znosi, gdy ktoś stawia mu opór. Będzie cię nękał i spróbuje zrujnować karierę twojego ojca.

– Ustąpienie komuś takiemu byłoby śmiertelnym błędem.

Setna przytulił dziewczynę.

– Czyżby twoje zachowanie oznaczało, że... naprawdę mnie kochasz?

– Jak w ogóle możesz o to pytać?

Nie potrafili się oprzeć płonącemu w nich pożądaniu.

Miłość tych dwojga nie ograniczała się do przyjemności zmysłów i cielesnych uniesień. Ich dusze połączyły się ze sobą, ich istnienia stały się jednym życiem i jednym spojrzeniem.

– Wypij to, chłopcze! Poczujesz się lepiej na ciele i duchu.

Setna, który siedział między Starym a czarnym psem, przyjął puchar białego wina o kwiatowym aromacie.

– I jak?

– Cudowne.

– Aha, masz dobry gust. Wierz mi, to ważne. Nie rozpoznać dobrego wina to pewna katastrofa. A to pochodzi z mojej winnicy. Nie wyobrażasz sobie, jak bardzo o nią dbam.

– Ta rozmowa trwa bez końca... Keku używa tysiąca argumentów, żeby przekonać córkę do poślubienia mojego brata!

– Cóż z tego? Tylko marnuje ślinę! Znam tę małą. Kiedy coś sobie umyśli, nikt nie zdoła jej tego wybić z głowy. Nawet ktoś taki jak Keku połamie sobie na niej zęby.

– A jeśli Sekhet przeze mnie popełnia fatalny błąd?

– No nie, tylko bez kokieterii! Kochacie się, taka jest rzeczywistość. Przestań się zadręczać i pomyśl o tym, jak uszczęśliwić swoją kobietę. Jest piękna i inteligentna, zgoda, to rzadki przypadek, ale tym lepiej dla ciebie! Zaufaj staremu. To, co się dzieje między wami, to coś poważnego. Widziałem już wiele par migdalących się i gruchających jak gołąbki. Trochę się poobściskują, poskubią i żegnajcie, obietnice! Ty i ta mała to nie ten typ.

– Mój brat nigdy nie odpuści.

– Mylisz się, znajdzie inną żonę.

– Nie ma drugiej takiej jak Sekhet.

– To jasne, chłopcze, ale Sekhet już dokonała wyboru.

– Jej ojciec chce zostać ministrem gospodarki, potrzebne mu poparcie Ramesu.

– Phi! Na Sekhet nie robi to wrażenia. Poza tym ty także jesteś synem króla!

– Mój ojciec prawie mnie nie słucha. To oczywiste, że wódz armii jest mu bliższy.

– Mój chłopcze, udasz się do Pi-Ramzes i porozmawiasz z faraonem.

– Obiecałem to Sekhet... Jeśli tylko nie ustąpi Keku.

Stary pokręcił głową i napełnił swój puchar.

– O, jest! – zawołał Setna na widok dziewczyny, która lekkim krokiem szła w ich stronę.

Jej twarz była spokojna, ale może Setna uległ złudzeniu? Stanęli naprzeciw siebie i złapali się za ręce. Wreszcie dziewczyna się uśmiechnęła.

– Zostanę twoją żoną, a ty będziesz moim mężem.

– Twój ojciec dał się przekonać?

– Zdał sobie sprawę z głębi naszego uczucia i nie znalazł żadnego sensownego argumentu, żeby mu się przeciwstawić.

Młodzi przytulili się do siebie, Geb zaczął skakać wokół nich, a Stary otarł łzę.

– Przyniosę najlepsze wino – oświadczył. – Wypijemy wasze zdrowie!

22

Uges, pogromca Hetytów, mówił niewiele. Rudy, umięśniony, nie wiedział co to strach, potrafił jednak wyczuć niebezpieczeństwo i bił tylko z pełnym rozmysłem. Ruty, chętnie korzystający z licznych uciech życia, wyglądał sympatycznie, niemal niegroźnie. Nikt nie wyobrażał sobie jego brutalności. Jego ciosy były celne i ostateczne. Nemo był zrzędą, na wszystko narzekał i lubił pogryzać cebulę. Jak można było podejrzewać, że gołymi rękoma miażdży przynajmniej pięciu przeciwników swojego wzrostu naraz?

Ci trzej żołnierze byli świadkami bohaterstwa Cheda, który ocalił życie króla podczas misji w Nubii. Choć byli starsi od swojego dowódcy, darzyli go najwyższym podziwem i słuchali bez mrugnięcia okiem. Powierzając im wyjątkowo niebezpieczną misję, monarcha się nie pomylił. Jako czciciele Ramzesa, gwaranta pomyślności Obu Krajów, gotowi byli oddać życie, byle tylko odegnać Zło. Wszyscy wiedzieli, że przeciwnik będzie groźny, a zwycięstwo, bynajmniej nieoczywiste, z pewnością pociągnie za sobą koszty. Takie były zasady tej gry, w której śmierć czyhała na każdym kroku.

Pierwsza faza: okolice przeklętego grobowca. Ched miał nadzieję, że podczas oględzin miejsca trafi na jakąś wskazówkę. Dostępu do grobu strzegło pięćdziesięciu łuczników z rozkazem strzelania bez ostrzeżenia. Zaporę mógł przekroczyć tylko burmistrz Memfis, dlatego przybył wraz z Chedem i jego towarzyszami.

– Zamordowani strażnicy zostali pogrzebani, a ich rodziny wysiedlono z Memfis – oświadczył. – Jeśli chodzi o przeklęty grobowiec, zagrodziłem wejście wapiennymi głazami, tak że nie da się wejść do środka.

– Morderca nie pozostawił żadnych śladów? – zapytał Ched.

– Zwęglone szkielety, z pewnością należące do wspólników, których zlikwidował, by nie dzielić się łupem.

– Zachowaliście je?

– Leżą niedaleko wejścia do grobu.

Kości tylko częściowo przykrył kurz. Czterej żołnierze zaczęli je skrupulatnie odsłaniać.

– Mam coś – wymamrotał Nemo.

Pokazał reszcie ocalały pierścień ze steatytu.

– Jest tu jakieś imię – zauważył Ched.

– Irsu – odczytał Ruty. – To Syryjczyk.

Badanie tych ponurych pamiątek nie przyniosło więcej informacji. Ale mieli już pierwszy trop.

* * *

W drodze powrotnej do biblioteki Setna wciąż podśpiewywał, upajając się swym niespodziewanym szczęściem. Tak, porozmawia z ojcem i zdoła go przekonać. Odbędzie też rozmowę z bratem, tak długą, jak będzie potrzeba, by ugasić jego gniew i przekonać go do pogodzenia się z faktami. Na progu stał Bezwłosy. Miał zapadniętą twarz.

– Setno, nadeszła godzina. Bractwo kapłańskie świątyni Ptaha postanowiło przyjąć cię do swego grona.

Bezwłosy ruszył w stronę bożego przybytku. Setnie pozostawało tylko milczeć i pójść za nim. Minęli fasadę, której strzegły dwa gigantyczne posągi Ramzesa, i weszli przez niewielkie drzwi w północnej ścianie, które otworzył im starszy strażnik o antypatycznej twarzy. Drogę kandydatowi natychmiast zagrodzili dwaj kapłani. Dwaj inni zdjęli z niego tunikę, a następnie obmyli go, oblewając jego ciało poświęconą wodą z dwóch wysokich dzbanów. Bezwłosy pokazał skrybie drewniany liniał z podziałką.

– Oto stwórcza moc, której w każdej chwili używa bóg Ptah – oznajmił. – Zasada jest trwała, a jej skuteczność jasna. Nie została naruszona od czasów Ozyrysa. Wyryj ją w swym sercu, by rządziła twoim życiem.

Z liniału wytrysnęła światłość, która ogarnęła nowicjusza. Setna miał wrażenie, jakby jego widzenie się poszerzało.

– Ta zasada nazywa się „głowa i nogi" – ciągnął Bezwłosy – ponieważ jednocześnie inspiruje nasze myśli i nasze kroki. Jako wyraz boskiego światła stoi u podstaw wszelkiej harmonii. Czy ślubujesz, że będziesz się do niej stosował i strzegł jej tajemnicy?

– Ślubuję.

– Czy ślubujesz, że nie będziesz podnosił głosu w świątyni Boga, który nienawidzi krzyków, że będziesz modlił się do niego miłującym sercem i składał ofiarę?

– Ślubuję.

– Czy ślubujesz, że będziesz dokładnie odprawiał rytuały, unikał złych ludzi, zwalczał Zło i że nie będziesz spożywał nieczystego jedzenia?

– Ślubuję.

– Przyjmij tę czystą szatę, Setno, twoje nowe ciało kapłana.

Dwaj kapłani włożyli na niego nieskazitelnie białą tunikę.

– Uważaj, by nigdy jej nie pobrudzić – zalecił Bezwłosy. – Pomoże ci przekroczyć drzwi misteriów. A teraz oddaj się kontemplacji pana tej świątyni.

Bezwłosy otworzył przed Setną wejście do niewielkiej, skąpo oświetlonej kaplicy, w której królował posąg Ptaha. Postać miała na głowie niebieską czapeczkę, odnoszącą się do niebiańskich źródeł jej stwórczej myśli, trzymała w rękach berła „życie" i „władza"*, połączone z filarem „stałość", którego nazwa była synonimem słowa „sformułowanie"**, ponieważ to za sprawą Słowa Ptah czynił życie stabilnym.

---

* Anch i uas.

** Dżed.

Napis na posągu głosił:

Jestem sercem i językiem Enneady, dziewięciorga bogów, którzy tworzą wszechświat i objawiam się pod postacią każdego z nich, by utrwalać pierwotne światło.

Setna długo medytował przed wizerunkiem Ptaha. Miał wrażenie, że hieroglify ożyły i jeden po drugim wnikają do jego umysłu.

– Niech cztery *ka* Ptaha obdarzą cię energią niezbędną do wypełniania twoich powinności – życzył mu Bezwłosy. – Niech ci zapewnią harmonijne życie, pomyślność, wspaniałe wiekuiste mieszkanie, i niech twoje czyny przejdą do historii.

Jeden z rytualistów, z długą laską w ręku, zaprowadził świeżo upieczonego, oczyszczonego kapłana na skraj obszernej sali kolumnowej, w której jego towarzysze sprawowali obrzędy.

– Wypełniaj skrupulatnie twoją kapłańską posługę, noś białe sandały, wchodź do świątyni, spożywaj konsekrowany w niej chleb, odnawiaj ołtarz libacjami, składaj liczne ofiary. Jeden dzień może znaczyć tyle co wieczność, jedna godzina może wystarczyć za całą przyszłość, ponieważ bóg zna tego, kto postępuje w prawdzie.

Setna wziął udział w swojej pierwszej procesji ofiarnej. Obmyci i odziani w białe tuniki kapłani nieśli w rękach dary: chleby, dzbany z piwem, winem i mlekiem, kawałki tkanin, gęsi, porcje wołowiny, pojemniki z balsamami. Gdy złożyli je na ołtarzach, rozległ się poważny głos Bezwłosego:

– Jesteś Jeden, a jednak jesteś wszędzie, niczego nie tracąc ze swej jedności. Ofiarujemy ci mnogość darów dobrych i czystych, wyśmienitych i smakowitych, przeznaczonych dla twojego *ka*. Nadal stwarzaj niebo i ziemię, pozwól, by nasze dusze zwracały się ku twemu światłu, a nasze obrzędy podtrzymywały porządek świata, wędrówkę słońca i bieg rzeki.

Za salą ofiar znajdowała się sala z ołtarzem, na którym spoczywała boska barka.

– Mieszka w niej odwieczny ruch, który łączy gwiazdy między sobą. Nasza świątynia to żywa istota, a barka zapewnia jej nieustanną podróż po niewidzialnym świecie.

Po skończonej uczcie, której gospodarzem był Setna, nowy kapłan Ptaha, Bezwłosy wyglądał na wyczerpanego. Znalazł jednak siły, by odprowadzić swego ucznia do świątynnej biblioteki, oświetlonej dziesiątkami lamp oliwnych.

– Setno, oto jeden z naszych najcenniejszych skarbów. Od teraz jej drzwi stoją przed tobą otworem. Będziesz tu pogłębiał znajomość naszych tradycji, obrzędów i nauki.

Skryba z zachwytem spoglądał na tysiące zwojów różnej wielkości. Papirusy strzegły nauczania Przodków. Czy całe życie, choćby trwało sto dziesięć lat, czyli tyle, ile wynosi wiek mędrców, wystarczy, by ogarnąć ten bezmiar wiedzy?

Setna nie mógł zasnąć. Jak nie czuć się oszołomionym po tylu niezwykłych wydarzeniach? Miał wrażenie, jakby przeżywał powtórne narodziny, początek niezliczonych dróg. Próbował się uspokoić. Najlepszy sposób? Usiąść w postawie skryby, z dłońmi na kolanach, kontrolować oddech i spowolnić strumień myśli. W jego głowie pojawiło się pytanie: Czy Sekhet będzie ze mnie dumna?

Obrzęd obmycia przed wprowadzeniem w misteria hieroglifów, „słów boga" (*Księga wychodzenia za dnia*, rozdział 110).

23

Uzyskawszy całkowitą swobodę działania i dokument z królewską pieczęcią, Ched Wybawca otrzymał pomoc memfickiej policji, która udostępniła mu swych informatorów celem sporządzenia listy Syryjczyków o imieniu Irsu. Miał nadzieję, że poszukiwana osoba nie prześlizgnie się przez oka sieci.

W rekordowym tempie namierzono czterech podejrzanych. Dwaj z nich od kilku tygodni byli nieuchwytni. Ched i Uges udali się do miejsca zamieszkania pierwszego z nich. Był to skromny domu na północnych przedmieściach Memfis. Zgryźliwa kobieta około czterdziestki głośno kłóciła się z sąsiadkami, nieopodal biło się kilku nastolatków.

– Spokój – rzucił Ched.

Kobieta zmierzyła go wzrokiem.

– A coś ty za jeden?

– Służby królewskie.

Zmieszane sąsiadki ulotniły się, a dzieciaki poszły się bić gdzie indziej.

– Czy to ty jesteś żoną Irsu Syryjczyka?

– A co cię to obchodzi? Mam robotę.

– Mój dowódca zadał pytanie – wtrącił się Uges – i oczekuje odpowiedzi.

– I co z tego? Myślicie, że się was boję?

Uges szybkim ruchem złapał ją za lewą rękę i wykręcił za plecy. Kobieta krzyknęła z bólu.

– Dalszy ciąg przesłuchania w twoim domu.

Ched nie pochwalał tak brutalnych metod, ale czas naglił, co oznaczało, że pewne odstępstwa od prawa są konieczne. Ubogie wnętrze, kosz na bieliznę, maty. Główny pokój, dwie sypialnie.

– Twój mąż zniknął – powiedział Ched. – Wiesz, gdzie przebywa?

– Nie wiem!

– Twarda sztuka – stwierdził Uges. Puścił jej rękę i wyjął puginał.

Kobieta utkwiła przerażony wzrok w długim ostrzu, które zalśniło w dłoni Ugesa.

– Nie odważysz się...

– Pokroiłem nim niejednego uparciucha. Ból jest nie do zniesienia i trwa bardzo długo.

Oparła się o ścianę. Żołnierz podszedł do niej spokojnie.

– Mój mąż nie zniknął! Ukrywa się.

– Gdzie?

– Nie... nie wiem.

Ostrze dotknęło jej klatki piersiowej.

– Tutaj, w piwnicy!

– Po co się tam zaszył?

– Okradł sprzedawcę warzyw, który wniósł skargę. Jest poszukiwany przez policję.

– Wejście do piwnicy?

– Tutaj, pod matą. Nie róbcie nam krzywdy!

Ched odsunął matę, podniósł drewnianą pokrywę i zobaczył drabinę prowadzącą do komórki wypełnionej żywnością.

– Wychodź, Irsu. Jeśli nie, mój kolega wypatroszy twoją ukochaną.

Winowajca wolno wygramolił się po szczeblach drabiny. Rozczochrany jegomość o błędnym spojrzeniu.

– Nazywasz się Irsu?

– Tak, tak. To pierwsza kradzież w moim życiu!

– Miejmy nadzieję, że ostatnia.

Uges spokojnie schował puginał do pochwy i wyszedł z domu.

– Ale... nie aresztujecie mnie?

– Szukamy martwego, nie żywego – wyjaśnił Ched na odchodnym, ku osłupieniu syryjskiej pary.

W memfickim porcie rzecznym o nazwie „Szczęśliwej drogi” roiło się od tragarzy, dokerów i sprzedawców. Trwał tu nieprzerwany ruch, jedne statki handlowe przybijały, inne odpływały. Za tym pozornym rozgardiaszem kryła się skrupulatna organizacja, nad którą czuwali wyspecjalizowani skrybowie kontrolujący ruch statków oraz ilość i jakość towarów. Wszystko było odnotowywane, a zarząd portu szybko kładł kres próbom nielegalnego handlu.

Syryjski robotnik o imieniu Irsu od jakiegoś czasu nie podpisywał list obecności. Wyglądało na to, że zniknął. Jego koledzy nie potrafili udzielić żadnych wyjaśnień. Nemo i Ruty postanowili jednak przesłuchać ich jeszcze raz. Była pora obiadu i czterech krzepkich Syryjczyków pochłaniało placki z suszoną rybą, ukrywszy się w cieniu okapu.

– Czołem, chłopaki, smacznego! – powitał ich przyjaźnie Ruty.

Nemo dawno już zaniechał konwencjonalnych grzeczności. Był zajęty pogryzaniem cebuli.

Dokerzy jedli w milczeniu.

– Nie będziemy wam zawracać głowy – oświadczył spokojnie Ruty. – Chcemy tylko zadać kilka pytań.

– Spadajcie – odparował robotnik o kędzierzawej czuprynie.

– O, to niegrzeczne! Jesteście nam potrzebni.

– Nie zrozumiałeś? – rzucił inny, brodacz.

– Chcielibyśmy się dowiedzieć, co się przytrafiło waszemu koledze Irsu. Przecież w Egipcie ludzie nie znikają bez śladu.

– A my lubimy jeść w spokoju – odparował kudłaty. – Spadajcie, bo się zdenerwujemy.

– Ależ nie ma powodu do nerwów, jeśli tylko nie macie sobie nic do zarzucenia – zapewnił go Ruty.

Nastąpiła chwila złowrogiej ciszy. Czterej Syryjczycy jak jeden mąż odłożyli placki.

– Co to ma znaczyć? – zapytał brodaty, wierzchem dłoni wycierając usta.

– To dość proste – oznajmił Ruty. – Albo nam pomożecie, jako ludzie sympatyczni i pełni dobrej woli, albo uznamy was za podejrzanych.

– I co wtedy?

– Wtedy będziecie mieli kłopoty. Poważne kłopoty. A to byłaby szkoda, nieprawdaż?

– Myślisz, że nas przestraszysz, kurduplu?

– Dla waszego dobra lepiej, żebyście współpracowali.

Wielkim cielskiem brodacza wstrząsnął rubaszny śmiech, przerywany czkawką. Reszta robotników wkrótce poszła w jego ślady.

– No proszę! – zawołał Ruty. – Dobry humor wrócił. Wiedziałem, że się dogadamy.

Syryjczycy zamarli.

– Jesteś kompletnie stuknięty! – rzucił kudłaty. – Nie mamy zamiaru z wami gadać.

– Bardzo ryzykujecie, chłopaki.

– Coś takiego? Dwa chuchra na nas czterech?

– Źle kalkulujesz.

Mężczyzna zmarszczył brwi.

– Mój kolega mnie nie potrzebuje, żeby sobie z wami

poradzić – wyjaśnił Ruty. – Kiedy skończy chrupać swoją cebulę, natrze wam uszu. Radziłbym wam pójść drogą dyplomacji.

Kudłaty rzucił się na Ruty'ego. Nemo podstawił napastnikowi nogę, tak że ten upadł, a następnie uderzeniem w kark pozbawił go przytomności. Pozostali robotnicy z wściekłością przystąpili do ataku.

– Brodaty niech zostanie lekko przytomny! – zawołał Ruty.

Trzej Syryjczycy nie mieli dość czasu, by zastosować jakąkolwiek strategię z prawdziwego zdarzenia. Ich ciosy trafiały w próżnię i wkrótce wszyscy leżeli na ziemi, nie bardzo wiedząc, co się dzieje. Nemo, odrobinę zawiedziony słabością przeciwnika, przydepnął kark pierwszego, plecy drugiego, a brodatemu tylko złamał lewą rękę. Mężczyzna zawył z bólu.

– Nie znoszę hałasu – oświadczył Ruty. – Przestań więc się drzeć i opowiedz nam o Irsu. Jeśli się postawisz, kolega uciszy cię na dobre.

– On... zniknął.

– To już wiemy.

– Niedawno zatrudnił go jakiś człowiek. Bardzo dziwny jegomość.

– Nazwisko.

– Nie znam, ale wiem, gdzie mieszka.

– Opisz nam to miejsce.

Brodacz nagle stał się gadatliwy. Podał im mnóstwo szczegółów.

– Obyś nas nie oszukał – podsumował Ruty poważnym głosem. – W przeciwnym razie, przysięgam, przyjacielu, że do ciebie wrócimy.

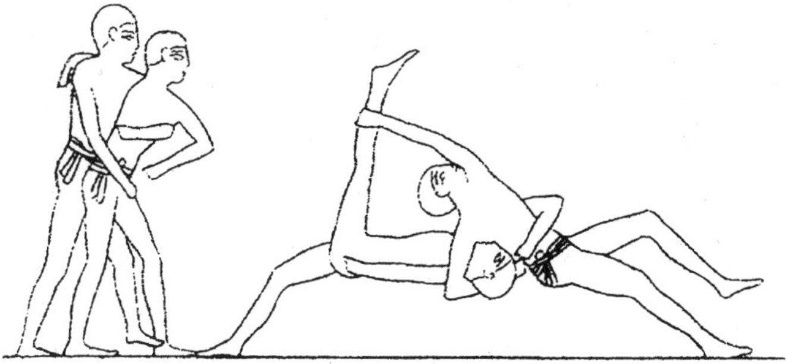

Towarzysze Cheda Wybawcy z łatwością rozprawiają się z przeciwnikami (za Rosellinim).

24

Czarownik winszował sobie bajecznego sukcesu, jednak nie osiągnął jeszcze ostatecznego zwycięstwa, a droga ku niemu była długa. Choć zapieczętowany dzban znajdował się poza zasięgiem śledczych Ramzesa, pozostawał w uśpieniu, dopóki nowy właściciel nie uzyska dostępu do odpowiedniej energii, zdolnej go ożywić. Moc przemieni dzban w straszliwą broń, która może zniszczyć wszystko, zbezcześcić ogień, powietrze, wodę i ziemię. Żaden człowiek, choćby był wyniesiony do godności faraona, nie dysponował taką siłą. Dzban Ozyrysa, przeznaczony do przekazywania życia, będzie siał śmierć, niezrównaną potęgę, której panem stanie się czarownik.

Mimo że mag potrafił manipulować ludźmi, którzy wydawali się nie do złamania, obawiał się stojącego na ich czele Ramzesa. Król, poinformowany o katastrofie, nie czekał z założonymi rękami. Jego grupa bojowa złożona była z kompetentnych i odważnych żołnierzy, dla zażegnania niebezpieczeństwa monarcha zamierzał uciec się do magii. Wiedzy płynącej ze świątyń nie należało ignorować i czarownik nie lekceważył przeciwnika.

Najpierw należało odkryć sposoby obrony faraona i unieszkodliwić je. Następnie zmodyfikować naturę dzbana. Dzięki lekturze *Księgi złodziei*, kompendium wiedzy magicznej, która pomogła mu już splądrować przeklęty grobowiec, uzyskał informację o kapitalnym znaczeniu: ostatecznego wsparcia może mu dostarczyć tylko kapłanka wprowadzona w misteria Sechmet, bogini-lwicy.

Kiedy ludzie zbuntowali się przeciw światłu, Ra posłał na ziemię swoje oko w postaci krwiożerczej lwicy. Gdyby nie interwencja Thota, pana wiedzy i świętego języka, lwica wytępiłaby rasę buntowników. Adeptki Sechmet miały łączność z tajemnicą śmierci i życia, mag potrzebował więc ich najwyższej wiedzy o tym, jak posługiwać się tą straszliwą energią, która raz była życiodajna, a innym razem śmiercionośna. Trudny do pokonania ostatni etap.

Sekhet pozwoliła sobie na leniwy poranek. Jej sen pełen był wspaniałych marzeń, w których pływała w olbrzymim zbiorniku wodnym w towarzystwie Setny. Trzymając się za ręce, pokonywali wysokie fale, wybuchali śmiechem i bez reszty cieszyli się zabawą. Obudził ją promień słońca. Dziewczyna się przeciągnęła. Nie, to nie był sen. Była zakochana z wzajemnością. Setna naprawdę istniał. Pojedzie do stolicy, porozmawia z królem, uciszy gniew brata. Gdzie zamieszkają po ślubie? W jakimś pałacu w Pi-Ramzes, w Memfis, w posiadłości Keku, który otrzyma tekę ministra gospodarki? Sekhet jako przyszłą panią domu bawiło to przyziemne w gruncie rzeczy pytanie.

Rozkoszny prysznic, makijaż, ubieranie... Dziewczyna poddawała się tym zabiegom, pewna rychłego połączenia z Setną. Ojca nie było już w domu. Sekhet boso przemknęła przez ogród i usiadła na brzegu basenu z kwiatami lotosu.

Stary przyniósł jej sok winogronowy i złocisty, chrupiący chleb.

– Szczęście nie może odbierać apetytu – oświadczył.

– Wciąż nie uzyskałam odpowiedzi na moje pytanie – przypomniała.

– Jakie pytanie?

– Dlaczego byłeś taki zaniepokojony i czemu wciąż ukrywasz przede mną prawdę?

– Świat staje przed wami otworem. Mam dla was prezent.

Jego słowa rozbudziły ciekawość Sekhet.

– Praktyczny prezent – dodał zarządca posiadłości.

– Intrygujesz mnie!

– Chodź ze mną, pani.

Ruszyli w stronę stajni.

– Oto i on – oznajmił Stary, wskazując na wspaniałego młodego osła, który skubał świeżą trawę.

– Byłem przy jego narodzinach, wykarmiłem go i wychowałem. Jest wyjątkowo inteligentny, odporny na wszelkie przeciwności i absolutnie wierny. Będzie nosił twój sprzęt medyczny i nie pomyli drogi.

– Jak się wabi?

– Północny Wiatr. Spytaj go, czy smakuje mu posiłek.

Sekhet podeszła bliżej.

– Północny Wietrze, smakuje ci ta trawa?

Osioł uniósł prawe ucho.

– Chcesz spać? – zapytał Stary.

Negatywną odpowiedzią było podniesienie lewego ucha.

Kiedy Sekhet po raz pierwszy go pogłaskała, Północny Wiatr spojrzał na nią wielkimi brązowymi oczyma wyrażającymi zaufanie i czułość.

– Cudowny prezent – szepnęła.

– Zostawię was, mam robotę.

Widząc, że Stary nie chce rozproszyć jedynego cienia, jaki zalegał między nimi, dziewczyna nie przestawała się niepokoić. Gdy rozmawiała z osiołkiem, opowiadając mu o przyszłych wizytach u chorych, nadszedł odźwierny.

– Ktoś ze świątyni Sechmet do ciebie, pani.

Przełożona wzywała ją do przyjścia o zachodzie słońca. Z pewnością chodziło o jakąś nieprzewidzianą ceremonię, na którą Sekhet już się cieszyła. Nadarzała się okazja pierwszej podróży z osłem. Opowie mu o swojej pracy, a przede wszystkim o Setnie, który wkrótce wsiądzie na statek do Pi-Ramzes, a kiedy wróci, pobiorą się.

* * *

Ramesu nie szczędził wysiłków, by jak najlepiej wypełnić zadanie powierzone mu przez króla. Zważywszy na liczebność wojsk rozmieszczonych w Pi-Ramzes w celu udaremnienia każdej próby hetyckiej inwazji, naczelnik musiał przeprowadzać inspekcje koszar, spotykać się ze wszystkimi wyższymi oficerami, uczestniczyć w ćwiczeniach, sprawdzać sprzęt i utrzymywać wysokie morale, jednocześnie nie wspominając o stanie gotowości bojowej. Oficjalnie trwały negocjacje i spodziewano się ich szczęśliwego rezultatu. Ostrożność nakazywała jednak nie dopuszczać do rozprzężenia.

Codziennie o poranku, po rytuale obudzenia boskiej mocy odprawianym w jednej ze świątyń stolicy, Ramzes słuchał sprawozdania starszego syna. Niewątpliwie Ramesu stawał na wysokości zadania i nabierał polotu. Jego podwładni nie słuchali go już ze względu na pochodzenie, lecz na kompetencje. Król nie pomylił się, powołując go na to stanowisko.

Pragnąc dopilnować wszystkiego w najdrobniejszych szczegółach, generał zrezygnował ze światowego życia, nie przyjmował zaproszeń na uczty ani koncerty, kładł się wcześnie i wstawał o świcie. Dręczony niepokojem, źle sypiał. Czy ta ciężka praca na cokolwiek się zda? Nie wiedzieć, kim jest wróg, nie znać jego strategii ani środków, jakimi dysponuje... To wszystko mogło doprowadzić zwierzchnika armii do szału. Choć Ramesu otaczał ojca czcią, nie popierał wyboru Cheda Wybawcy na szefa zespołu, który miał wpaść na trop złodzieja zapieczętowanego dzbana. Zbyt młody, za mało doświadczony, miłośnik spektakularnych akcji, zabijaka. Generał nie dawał mu żadnych szans na sukces i uważał, że tylko tracą czas. Gdy faraon uzna swoją porażkę, zwróci się do starszego syna, a wtedy Ramesu udowodni mu, ile jest wart.

Adiutant przyniósł mu list. Pieczęć Keku! Nareszcie odpowiedź. Zdenerwowany rozwinął papirus. Zirytowały go długie, zawiłe formułki grzecznościowe. A dalszy ciąg wprawił go w konsternację. Keku, choć nalegał, nie zdołał przekonać córki, by poślubiła Ramesu. Bolał nad tym, przedstawiał całą litanię przeprosin, stwierdzając jednocześnie, że musi jednak pogodzić się z wyrokami losu. Zapowiadał też, że do Pi-Ramzes wybiera się Setna, który wyjaśni bratu motywy decyzji Sekhet. Generał z wściekłością zmiął papirus i rzucił daleko od siebie. Setna… Setna zabiera mu ukochaną kobietę! Niemożliwe, to jakiś koszmar. Ramesu wybuchnął śmiechem. Cóż za groteska! Jak Sekhet może ich porównywać, jego, starszego syna faraona, i tego małego skrybę, którego czeka żywot kapłana? Gdy Ramesu doszedł do siebie, zrozumiał. Sekhet rzuca mu wyzwanie. Nie wystarcza jej miłość, ona chce pojedynku i zwycięzcy, a Setny używa w charakterze przynęty. Taktyka godna kobiety tej klasy. Świadoma, że generał z niej nie zrezygnuje, stawia mu jak największy opór, tak by naprawdę jej pragnął. A naiwny skryba zostanie starty w pył na polu bitwy! Ramesu, uspokojony, postanowił podjąć wyzwanie. Wysłuchanie argumentów biednego Setny potraktuje jak osobliwą rozrywkę.

25

Ched Wybawca i jego towarzysze pieczołowicie przygotowali się do wyprawy. Według policji we wskazanym domu, który mieścił się w ubogiej dzielnicy robotników portowych, mieszkał Syryjczyk podejrzewany o przemyt kosztownych dzbanów pochodzących z Azji. Dwukrotnie wzywany do składania wyjaśnień stanowczo protestował i przedstawiał dowody swojej niewinności. Celnicy mieli go jednak na oku. Opinie sąsiadów bynajmniej nie były przychylne. W niektórych okresach właściciel przyjmował wielu gości, w innych żył w zamknięciu. Nie był rozmowny, z nikim się nie wiązał, korzystał z usług uzbrojonego w pałkę strażnika. Ostatnimi czasy Syryjczyk kupił budynek sąsiadujący z jego domem, dzięki czemu powiększył swoją posiadłość. Składował tam zakupione przedmioty, których pilnował drugi strażnik, równie odstręczający jak pierwszy. Żadnej żony, żadnych dzieci. Miał około pięćdziesiątki i lubił piękne stroje. Sprzedawał swój towar, głównie bibeloty, meble i tkaniny, dobrze sytuowanym rodzinom z Memfis. Nikt nie oskarżał go o praktykowanie czarnej magii.

– Nie pasuje do profilu poszukiwanego – stwierdził Nemo, przeżuwając cebulę.

– Mamy do czynienia z syryjską siatką – zauważył Ched. – Ten handlarz musi być pośrednikiem, który zatrudnił robotników portowych, by służyli jako eskorta dla prawdziwego szefa.

– I skończyli jako kupa prochu – przypomniał Ruty. – To moc dzbana czy czarownika?

– A dlaczego nie jedno i drugie? – zauważył zaniepokojony Nemo. – Nie jestem strachliwy, ale to mnie przerasta. Nie mamy powodów do radości.

– Zgodziłeś się wykonać tę misję – powiedział Ruty z naciskiem. – Król nie bagatelizował ryzyka.

– Można się chyba wypowiedzieć, nie?

– Później sobie pogadacie – uciął Ched. – Czas obserwacji upłynął, likwidujemy obu strażników i wchodzimy do środka. Nemo, zajmij się pierwszym, a ty, Uges, drugim. Jeśli handlarz zastosował dodatkowe zabezpieczenia, Ruty i ja się nimi zajmiemy. Spotkamy się przy głównym wejściu.

Nemo lubił, gdy plan był prosty. Żwawym krokiem ruszył uliczką i szedł prosto na strażnika przybudówki, który z powodu zmiennego światła zachodzącego słońca zauważył go dopiero w ostatniej chwili. Nagle zaniepokojony, chwycił pałkę. Nemo złapał przeciwnika za rękę, wyrwał mu broń i wymierzył cios.

– O, ty przynajmniej nie masz magicznej mocy – stwierdził, wypluwając kawałek cebuli.

W tej samej chwili Uges stanął przed strażnikiem głównego domu. Zobaczył ciężki, groźnie wyglądający kij.

– Zjeżdżaj, kolego! Pana nie ma w domu. Zresztą i tak nie przyjmuje typków twojego pokroju.

– Irytujesz mnie.

Strażnik nie zauważył ruchu głowy Ugesa, silnej jak u barana, która uderzyła go w klatkę piersiową z taką gwałtownością, że upadł prawie bez życia.

– Powinienem był walnąć lżej, ale mnie zdenerwowałeś – mruknął Uges.

Nikt nie zareagował na unieszkodliwienie dwóch strażników. Czterej mężczyźni spotkali się w ustalonym miejscu.

– Kto się zajmie drzwiami?

– Mnie się przyda trochę ruchu – odparł Ruty.

Patrząc na niego, trudno było sobie wyobrazić, do jak wielkiej agresji jest zdolny, choć miał pięknie umięśnione ciało. Wziął trzy kroki rozpędu i uderzeniem barku wyważył grube skrzydło drewnianych drzwi. Resztę poprawił nogą. Ched jako pierwszy przekroczył próg. Był spięty, wiedząc, że zanurza się w niebezpiecznym świecie.

Lampa oliwna rzucała dookoła blade światło. Spoczywała na dziwnym spiralnym stojaku i miała kształt symbolizującej strach związanej gęsi z odciętą głową. Pod ścianami stały ławki obite czerwonym materiałem.

Na środku znajdował się rysunek w kształcie ogromnego płomienia, z którego unosiła się cierpka woń. Uges ukląkł i dotknął go palcem.

– Krew.

Płomień poruszył się i objął ręce Ugesa, unieruchamiając go. Ławki się zapaliły.

– Uciekajcie stąd! – zawołał.

Trzej towarzysze wspólnymi siłami próbowali go odciągnąć. Ogień z niesłychaną prędkością ogarnął resztę domu, tak że wkrótce zawalił się dach.

Sekhet nie spodziewała się takiego przyjęcia. Dwie kapłanki Sechmet z poważnymi minami zaprowadziły ją do jednej z sal przybytku, do której do tej pory dziewczyna nie miała dostępu. Razem trzykrotnie zapukały w drzwi z pozłacanego drewna. Skrzydła powoli się rozchyliły i Sekhet ujrzała salę kolumnową, w której zasiadały kapłanki straszliwej bogini. Po wschodniej stronie siedziała przełożona, ubrana w długą suknię w kolorze intensywnej czerwieni i złoty diadem. Jej spojrzenie było przenikliwe jak nigdy dotąd.

Dziewczyna, zbita z tropu, miała jednocześnie ochotę uciekać i zostać, by zrozumieć powód swojej obecności w tym zakazanym miejscu.

– Oto znalazłaś się na skrzyżowaniu dróg – przemówiła przełożona. – Czy zadowolisz się posiadaną wiedzą, czy pragniesz przekroczyć próg tajemnicy?

Sekhet zamknęła oczy, by lepiej poczuć wagę pytania. Po tym, jak otrzymała zapisany księżycowym światłem papirus z traktatem medycznym, sądziła, że przez kolejne lata będzie zgłębiać zawarte w nim nauki, i nie spodziewała się tak niewiarygodnej propozycji. Poślubić Setnę, rozwijać praktykę uzdrowicielki, założyć rodzinę, cieszyć się drobnym codziennym szczęściem, mierzyć się z nieuniknionymi trudnościami... Czy taki los ją zadowalał? Przekroczenie granicy, o której wspominała przełożona, oznaczało ryzyko, być może unicestwienie. Czy Sekhet była gotowa stanąć twarzą w twarz z wiedzą tajemną?

Przełożona nie okazywała zniecierpliwienia, dając uczennicy potrzebny czas na rozwiązanie wewnętrznego dylematu. Sekhet miała za sobą dzieciństwo spędzone na pilnej nauce. Pragnęła poznawać prawa rządzące życiem, oddawała się pasjonującym studiom, została wpuszczona do świątyni, leczyła pacjentów. Rezygnując z kontynuowania tej przygody, zdradziłaby samą siebie.

– Pragnę iść dalej – oświadczyła.

– Ta droga jest nie tylko wymagająca, lecz może się też okazać śmiertelna – ostrzegła przełożona. – Czy się na to zgadzasz?

Świadoma wagi tych słów, Sekhet znowu musiała się zastanowić. Na chwilę przed ślubem nie miała najmniejszej ochoty umierać! Ale czy ta straszliwa próba nie wniesie światła w jej życie? A jeśli zrezygnuje, czy nie będzie tego na zawsze żałować?

– Zgadzam się – powiedziała zdecydowanie.

Dwie kapłanki poprowadziły dziewczynę do pogrążonej w ciemności kaplicy. Przełożona szła za nimi.

– Oto decydująca chwila – oznajmiła siedemdziesięciolatka. – Zmierz się ze swoim losem, Sekhet.

Drzwi się zamknęły. W pierwszej chwili nic nie widziała. Potem oślepiło ją intensywne czerwone światło. Pojawiło się oblicze lwicy. Głowa drapieżnika wyrastała z ciała bogini trzymającej berło uas i ukoronowana była ogromnym słońcem, które lśniło pośród ciemności. Sekhet obawiała się, że zostanie pożarta, ale nie miała gdzie się schować. Wyprostowała się więc i stanęła naprzeciw Potężnej Sechmet, pani wszelkich mocy.

Lwica podeszła do nowicjuszki i ujęła ją za rękę. Sekhet poczuła się tak, jakby wrzucono ją w sam środek słońca, nie czuła jednak jego żaru. Jakby sama miała oczy drapieżnika, przebiegała Pustynię Nubijską w poszukiwaniu ludzi zbuntowanych przeciw światłu i pożerała ich. Gdy się nasyciła, poczuła pragnienie. Bóg Thot o głowie małpy dał jej puchar wypełniony czerwonym płynem. Była to ludzka krew. Sekhet wypiła, delektując się kolorowym piwem uwarzonym ręką boga. Jej gniew minął i z lwicy stała się słodką i łagodną kotką, zachowała jednak szybkość i przenikliwy wzrok.

– Przeżyłaś misję, którą wyznaczyła Sechmet, zgodnie ze wskazaniami boskiego światła – oświadczyła przełożona, odbierając od niej puchar. – Odtąd w miarę podążania swoją drogą pojmiesz tajemnice życia i śmierci.

I jeśli masz na to dość siły, będziesz rozporządzać mocami Sechmet.

Bazaltowy posąg wciąż wpatrywał się w Sekhet, która powoli wracała do siebie.

– Wiele osób nie przeżyło tej próby – wyjaśniła przełożona. – Teraz możesz się zwracać do Potężnej. Odpowie ci.

26

Dzięki pomocy kilku odważnych dokerów, którzy obawiali się, by pożar budynków Syryjczyka nie dosięgnął ich własnych domów, Ched i trójka jego towarzyszy zostali wydobyci z pożogi na chwilę przed zawaleniem się ścian. Żołnierze piechoty, którzy stali w pobliżu gotowi do interwencji na rozkaz Cheda, natychmiast przetransportowali czwórkę ocalałych do szpitala w głównych koszarach. Wyglądało na to, że poważnie ranni Ched, Ruty i Nemo przeżyją, Uges jednak wydawał się stracony. Choć był wyjątkowo krzepki, jego obrażenia okazały się zbyt poważne.

– Sprowadźcie najlepszego uzdrowiciela! – zagrzmiał Ched spod bandaży.

– To na nic – zawyrokował naczelny lekarz koszar. – Zrobiliśmy już wszystko, co było możliwe. Niestety oparzenia są rozległe, a rana głowy fatalna.

Lewą, prawie zdrową ręką Ched ścisnął gardło medyka.

– W świątyni Sechmet są prawdziwe czarodziejki!

Jeśli nie wezwiesz natychmiast najbardziej doświadczonej, zabiję cię!

Lekarz zrozumiał, że zarządca zbrojowni nie żartuje, i sam podjął się zadania.

Sekhet spędziła noc w przybytku bogini-lwicy. Ich dusze, złączone harmonijną więzią, przebywały z dala od świata pozorów i śmiertelników. Pozwalając, by Sekhet odbyła podróż w ciele, patronka uzdrowicieli przekazała jej wiedzę o widzialnych i niewidzialnych sposobach przepływu energii. Dziewczyna, nasycona ożywczą myślą Sechmet, nie odczuwała zmęczenia, tak bardzo odkrycia minionej nocy rozszerzyły jej serce.

Gdy przełożona otworzyła drzwi kaplicy, Sekhet żałowała, że czas zespolenia z lwicą się skończył. To, czego się dowiedziała, na zawsze zapisało się w jej duszy.

– Wzywa cię lekarz z głównych koszar Memfis.

– Nie znam go. Czego chce?

– Jakiś beznadziejny przypadek. Podałam mu twoje imię.

– Beznadziejny, mówisz? Pani, nie dam rady...

– Sekhet, jest czas modlitwy i czas działania. Wciel w życie to, czego się nauczyłaś i czego doświadczyłaś.

Przełożona wręczyła uczennicy dwie torby: jedna zawierała narzędzia chirurgiczne, druga lekarstwa. Północny Wiatr czekał na swoją panią pod drzwiami świątyni. Z pełnymi jukami ruszył w stronę szpitala wojskowego.

– Jesteś córką Keku? – Ched nie krył zdziwienia.

– W rzeczy samej.

– Czyżbyś była asystentką lekarki, która ma do nas przybyć ze świątyni Sechmet?

– Nie, jestem lekarką.

– To nie pora na żarty! Mój człowiek umiera.

– Zbadam go.

– Ale... Ty nie masz żadnego doświadczenia, pani!

– Przełożona kapłanek Sechmet wyznaczyła mnie do tej misji. Jej poręczenie ci nie wystarcza?

Zdezorientowany Ched musiał ustąpić.

– Zostałeś poparzony, panie – zauważyła Sekhet. – Twój podwładny także?

– Oparzenia, rany, uderzenie w głowę.

– W jakich okolicznościach?

Ched się cofnął.

– Nieważne.

– Przeciwnie! Muszę wiedzieć o wszystkim!

– To niemożliwe.

– A to dlaczego?

– Tajemnica państwowa.

– Kpię sobie z tego! Czy ten dramat rozegrał się w sposób... naturalny?

Ched był zaskoczony celnością pytania. Może jednak

dziewczyna jest bardziej doświadczona, niż na to wygląda.

– Naturalny? Nie sądzę. Ten pożar to była zbrodnia.

Sekhet czytała w myślach Cheda.

– Zbrodnia i magia?

– Być może.

– To była najważniejsza informacja. Proszę mnie zaprowadzić do rannego.

Jeden z żołnierzy chwycił ciężkie torby.

Uges leżał na łożu o masywnych nogach, z głową na poduszce. Miał półotwarte oczy i ciężko oddychał. Lekarz wojskowy podał mu środek uspokajający na bazie maku, który łagodził ból.

– Wyjdźcie wszyscy – rozkazała Sekhet.

Z rozkazami wysłanniczki przełożonej – najwyższego medycznego autorytetu Memfis – się nie dyskutowało. Nie wyznaczyła tej dziewczyny dla kaprysu.

Pierwsze zadanie Sekhet polegało na usunięciu skutków czaru, który miał zablokować działanie leków. Wypowiedziała formułę, której nauczyła się w świątyni:

– „Jesteś bliźnim Horusa, ofiarą Seta i ognia pustyni! Na pustyni nie ma ognia, ale oto sprowadzam powódź, uzdrawiający strumień zdolny ugasić płomienie Zła".

Sekhet uniosła fiolkę z wodą zebraną w pierwszym dniu wylewu Nilu i powoli przesunęła ją nad całym ciałem pacjenta od głowy do stóp i z powrotem. Uges jęknął, uwolniony z demonicznego ucisku.

Oparzenia rzeczywiście okazały się poważne. Pięć

dni intensywnej kuracji powinno jednak wystarczyć, by oddalić wszelkie niebezpieczeństwo. Należało często zmieniać opatrunki, stosować mieszankę sproszkowanej żywicy z akacji i maści z jęczmienia, glinkę, byczy tłuszcz, rośliny lecznicze połączone z miedzianym proszkiem i dużo miodu.

Pozostała jeszcze rana na głowie: głęboka dziura, upływ krwi, naruszona kość. Ranę należało wysuszyć kompresem nasączonym miodem figowym, który przyśpieszy gojenie. A na otwór nałożyć maść ze strusiego jaja zmieszanego z tłuszczem.

Ched drgnął.

– Jaka diagnoza?

– To poważne urazy, ale wyleczę go. Za trzy dni czaszka się zabliźni, a kość będzie miała barwę strusiego jaja. Konieczne będzie zastosowanie wielu kompresów, dzięki którym unikniemy zakażenia i przywrócimy przepływ energii. Twój przyjaciel ma bardzo solidną czaszkę, panie. To go uratowało.

– A więc naprawdę jesteś lekarką! – Uśmiechnął się Ched.

– A ty, panie, nowym zwierzchnikiem zbrojowni, jeśli się nie mylę? Byłeś gościem na ostatnim przyjęciu zorganizowanym przez mojego ojca.

– Wspaniała uczta na cześć twoich zaręczyn z generałem Ramesu.

Teraz Sekhet się uśmiechnęła.

– A tutaj się mylisz. To prawda, wychodzę za mąż, ale za Setnę.

– To mój najlepszy przyjaciel! Życzę ci szczęścia, pani, i mam jedną prośbę: zachowaj absolutne milczenie w sprawie tego zabiegu. Nie spotkałaś się ze mną i nikogo nie leczyłaś.

– Ranny padł ofiarą czarów, mówiłeś o tajemnicy państwowej...

– Proszę, zapomnij o tym.

– Sporządzę zalecenia dla lekarza: niech ich przestrzega w najdrobniejszych szczegółach. Gdybyś mnie potrzebował, wiesz, gdzie mnie szukać. I pamiętaj, by także się leczyć, panie.

– Sekhet, dziękuję. Uratowałaś życie prawdziwego śmiałka.

– Powodzenia.

Setna miał poślubić tę cudowną kobietę... Łucznik zastanawiał się, czy to nie sen. Ból w nodze przywołał go do niepokojącej rzeczywistości. Pułapka, którą zastawiła na nich jakaś zła istota, miała za cel zlikwidować jego oraz jego towarzyszy. Ched intensywnie rozmyślał. Nasuwały się dwa wnioski: jak zapowiedział król, wróg był przerażający i dysponował straszliwą mocą, a bolesne przeżycia, jakie mieli za sobą śledczy, dowodziły, że są na dobrym tropie.

27

Pilny i ściśle tajny raport dotarł do Ramesu w chwili, gdy nadzorował on manewry rydwanów na terenie głównych koszar Pi-Ramzes. Pierwszorzędny sprzęt, elitarny pułk, doskonale wyszkolone konie. Rozniosą w pył każdego wroga. Na papirusie były aż trzy pieczęcie, tak że nie dało się rozwiązać sznurka. Ramesu musiał go przeciąć.

– Kontynuujcie beze mnie – rozkazał swoim adiutantom – i informujcie mnie o najdrobniejszych błędach.

Osobiście chwyciwszy lejce własnego rydwanu, generał szybko ruszył aleją prowadzącą z koszar do pałacu. Układ dróg w nowej stolicy zaprojektował sam faraon, tak by było łatwo się po niej przemieszczać. Miało to umożliwić maksymalnie szybką mobilizację wojsk w przypadku inwazji Hetytów. Ramzes, podobnie jak jego przodkowie, pamiętał o przerażającej okupacji Delty przez Hyksosów – najeźdźców z Azji. Nie przez przypadek monarcha wybudował Pi-Ramzes w newralgicznym dla agresora miejscu, przeobrażając w ten sposób Zło w Dobro. Czyż bowiem faraon, tak jak jego ojciec Seti, nie władał potęgą Seta, pana burzy i piorunów?

Ramesu pokonał dystans w rekordowym tempie i gdy tylko rydwan się zatrzymał, wyskoczył na ziemię i oddał lejce stajennemu. Błyskawicznie wbiegł po schodach prowadzących do głównego wejścia, minął kłaniających się strażników i tuż za progiem wpadł na Nefertari.

– Muszę natychmiast widzieć się z królem.

– Wysłuchuje skarg gubernatora jednej z prowincji.

– Czy mogłabyś go zawiadomić, że przyszedłem? – Znając wpływy królowej, wiedział, że lepiej być uprzejmym.

– To rzeczywiście aż tak pilne?

– Zapewniam cię, pani.

– Oczywiście, powiadomię Jego Wysokość.

Interwencja Nefertari okazała się skuteczna. Monarcha skrócił rozmowę i przyjął starszego syna. Ramesu niezmiennie był pod wrażeniem dostojnego wyglądu swojego ojca i wspaniałości jego wielkiego gabinetu, z którego okien widać było stolicę i jej liczne świątynie. Pokazał mu papirus.

– Przesyłka od Cheda, zgodna z ustalonymi procedurami, Wasza Wysokość.

– Przetnij sznurek.

Ramesu wykonał polecenie.

– Złam prawą pieczęć.

Król złamał pieczęć znajdującą się pośrodku. Gdyby ktokolwiek próbował zniszczyć tę po lewej stronie, doprowadziłby do rozlania niezwykle trwałego tuszu, który zalałby treść dokumentu.

– Wiadomość nietknięta – stwierdził Ramesu.

Monarcha przeczytał szczegółowy raport Cheda Wybawcy. Ponieważ miał nieprzeniknioną minę, generał nie wiedział, czy wieści są złe czy dobre.

– Ched i jego towarzysze o mało nie zginęli w pożarze domu, w którym mag zastawił na nich pułapkę – oświadczył Ramzes. – Ciężko ranny Uges zawdzięcza życie zabiegom uzdrowicielki imieniem Sekhet, kapłanki świątyni Sechmet.

Ramesu nie zareagował. Sekhet... Wyjątkowa kobieta. Jeszcze jeden znak, że jest mu przeznaczona.

– Rozumiem, że Ched i jego ludzie nie są w stanie kontynuować misji – powiedział.

– Przeciwnie, Ched pragnie doprowadzić śledztwo do końca. Ma doskonałą opiekę, jest spokojny, wiedząc, że Uges wyzdrowieje, jest też pewien, że podjął dobry trop. Najwyraźniej, synu, nasz wróg, morderca i złodziej, nie jest pustynnym duchem, lecz czarownikiem dysponującym potężną mocą i sprawną siatką współpracowników. Nie oszukujmy się: to będzie bezlitosna walka.

– Twoja armia jest gotowa w każdej chwili, panie.

– Uznaj, że jesteśmy w stanie wojny, i zachowaj czujność. Jeśli śledztwo Cheda przyniesie owoce, trzeba będzie uderzyć.

* * *

Uges dochodził do siebie w niewiarygodnym tempie. Lekarz wojskowy, który drobiazgowo przestrzegał zaleceń Sekhet, nigdy nie spotkał się z podobnym przypadkiem. Trzej pozostali żołnierze także szybko zdrowieli, a w dodatku mieli wilczy apetyt. Żaden z nich nie zamierzał się poddać. Uszedłszy straszliwej śmierci, czterej towarzysze broni mieli tylko jeden cel: poznać, kim są nikczemnicy, którzy zastawili na nich sidła.

Ched był zachwycony odpowiedzią króla, która streszczała się w jednym słowie: „Kontynuujcie". Ruty, Nemo i Uges tak bardzo się ucieszyli, że bóle, które ich jeszcze trapiły, ustąpiły. Skoro faraon ma do nich zaufanie, okażą się go godni, choćby za cenę własnego życia. Ched musiał nakazać Ugesowi jeszcze dwa lub trzy dni odpoczynku, aż całkowicie odzyska siły. Żołnierz, zrzędząc pod nosem, zastosował się do polecenia.

Ched wraz z Nemo i Rutym udał się do domu Syryjczyka. Po budynku pozostały tylko zgliszcza świadczące o wyjątkowej sile pożaru. Dostępu do miejsca bronił kordon policji.

– Przejścia nie ma – oświadczył jakiś wąsacz.

– Ched, służby królewskie.

– Masz na to dokument?

Ched pokazał drewnianą tabliczkę poświadczającą uprawnienia.

– Dowodzę tym oddziałem straży i otrzymałem rozkaz odpędzania ciekawskich – poinformował wąsacz.

– Wiem, to ja go wydałem. Coś się działo?

– Sąsiedzi zadawali pytania, nie udzielałem im żadnych odpowiedzi. Zauważyłem dziwnego gościa, być może Syryjczyka. Stał w pewnej odległości i obserwował miejsce, nie podszedł bliżej. Rad bym go wziąć na spytki, ale zniknął. Nikt w okolicy go nie rozpoznaje.

Człowiek posłany przez maga, żeby sprawdzić, czy pułapka okazała się skuteczna, pomyślał Ched. Trzej mężczyźni przetrząsali ruiny w poszukiwaniu ewentualnych śladów.

– Nasz przeciwnik nie jest sam – stwierdził Ched. – Ma pod sobą zmanipulowaną bandę zabójców.

– Już bym wolał pustynnego ducha – odezwał się Nemo. – Ich moc jest przynajmniej ograniczona!

– A gdybyśmy najpierw zajęli się właścicielem tego uroczego domostwa? – zasugerował Nemo. – Na pewno ma nam wiele do powiedzenia!

– Wysłałem oficjalną prośbę do dyrektora katastru – odparł Ched. – Jeszcze dziś będziemy mieli odpowiedź.

Ponieważ nie znaleziono żadnego trupa, było pewne, że Syryjczyk pomógł w zorganizowaniu śmiertelnej pułapki oraz że stoi na czele siatki przynajmniej częściowo złożonej z dokerów. Czy siatka miała macki za granicą? Czyżby za działaniami maga stali Hetyci?

Nemo podniósł na wpół zwęgloną belkę. Z wyposażenia domu prawie nic nie pozostało. Ruty pomagał mu odsuwać resztki. Żołnierze mieli ściśle określony cel: znaleźć ślady po zasadzce. Ich poszukiwania zostały wynagrodzone, gdy na podłodze znaleźli zarys płomienia, od którego o mało nie zginęli. Dostęp świeżego powietrza sprawił, że rysunek zaczął wydzielać intensywne ciepło.

– Wycofać się! – zawołał Ched.

Ruty rzucił kawałkiem drewna, który dotknąwszy obrysu na ziemi, natychmiast zajął się ogniem.

– Czary nadal działają – stwierdził bezbarwnym głosem.

Trzej towarzysze ostrożnie podeszli bliżej. W powietrze wzbijały się spirale gryzącego dymu o cierpkim zapachu.

– Patrzcie tutaj! – zawołał Nemo. – Z płomienia płynie krew!

– Zasypmy to świństwo – nalegał Ruty.

– To nie wystarczy – uznał Ched. – Trzeba unieszkodliwić ten płomień.

– Ale jak? – zapytał Nemo z niepokojem.

– Znam jednego specjalistę – odparł Ched Wybawca.

28

Przed wyjazdem do stolicy Setna pragnął jeszcze raz spotkać się z Sekhet i opowiedzieć jej, że spełniło się jego marzenie o tym, by zostać kapłanem Ptaha. Doświadczając jednego szczęścia po drugim, czuł, jak ogarnia go nieznane dotąd uniesienie. Wiedział, że w rozmowie z ojcem i bratem znajdzie odpowiednie słowa.

Właśnie wybierał się do majątku Keku, gdy jego zapał ostudził jeden z kolegów.

– Bezwłosy cię wzywa.

– Co się dzieje?

– Jest chory. Bardzo chory.

Setna, zasmucony, pośpieszył do aneksu świątynnego, gdzie mieszkał nauczyciel. Starzec leżał na łóżku i ciężko oddychał. Jego oczy oglądały już tamten świat. Skryba ukląkł i chwycił umierającego za rękę.

– Chciałem z tobą porozmawiać, zanim odejdę... Przez wszystkie te lata dobrze się spisywałeś i zasłużyłeś na to, by należeć do naszego starego dostojnego bractwa.

To dopiero początek, przed tobą długa droga prowadząca do tajemnicy świątyni. Szukaj otuchy w nauczaniu Przodków, czytaj po wielekroć księgi, które przechowują ich mądrość, połóż na swym sercu boskie słowa. W każdych okolicznościach zwracaj się do tych pism, bo one zawierają odpowiedzi na twoje pytania. Dzięki nim nasza ziemia jest odzwierciedleniem niebiańskiej harmonii. Te odwieczne księgi mają w sobie świetlistą moc, promieniującą energię. Tylko ona zdolna jest poszerzyć twoją świadomość do wymiarów wszechświata, którego jesteś zaledwie drobną cząsteczką. Odprawiając rytuały, będziesz żył tym światłem i odczujesz jego moc. Umiej z niej korzystać, by budować. Bądź rzemieślnikiem słów, trafne sformułowanie to prawdziwa siła. Zło nie zapuszcza się w pobliże mędrca.

Jego głos słabł. Setna z trudem powstrzymywał łzy. Bezwłosy otworzył lewą dłoń. Zamigotał w niej amulet w kształcie lwa.

– Oto symbol świetlistej energii, odwiecznego wroga ciemności. To dar od mojego nauczyciela, który teraz ofiaruję tobie. Niechaj cię strzeże.

Setna założył amulet na szyję.

Umierający wziął głęboki wdech.

– Jesteśmy w wielkim niebezpieczeństwie, Setno. Rok temu miał wreszcie zostać zniszczony przeklęty tekst, *Księga złodziei*. Zawierał on opisy miejsc, w których znajdują się grobowce, i zawartych w nich skarbów. Niestety, wbrew oficjalnie podanej informacji, tak się nie stało. *Księgę* ukradł pewien czarownik. Dowiedziałem się tego zbyt późno, by wszcząć poszukiwania winnego i przeszkodzić mu w szerzeniu Zła. To zadanie przypadnie tobie. Przed tobą straszliwa próba. – Stary zacisnął dłoń, przewrócił oczami i jego dusza wyruszyła w daleką podróż.

Dyrektor katastru, niewysoki szczupły człowieczek, był z natury nieprzyjemny i kłótliwy. Tyranizował gromadę urzędników, pracował we własnym tempie i nie znosił, gdy go popędzano. Wtargnięcie Cheda Wybawcy, Ruty'ego i Nemo wywołało u niego napad zgagi. Niestety zarządca zbrojowni miał pełne uprawnienia do prowadzenia śledztwa i mężczyzna nie mógł go wyrzucić.

– Masz dane Syryjczyka?

– Przykro mi, nie miałem czasu na prowadzenie dogłębnych poszukiwań.

– To było pilne. Bardzo pilne.

– Jestem przeciążony!

– Dom, który się spalił, nie był mały – przypomniał Ched. – Na pewno figuruje w katastrze.

– Na pewno – powtórzył urzędnik.

– Imię właściciela także.

– Także.

– W takim razie sam je znajdę.

Człowieczek zerwał się na równe nogi.

– To niemożliwe! Za archiwa odpowiadam ja i nikomu innemu nie wolno w nich grzebać!

Wtedy zbliżył się Nemo, jak zwykle żując cebulę.

– Powiedz no, kolego, czy ty czasem nie wykazujesz złej woli? Takie zachowanie mnie irytuje. A kiedy jestem poirytowany, staję się skłonny do bitki.

– Jeśli na mnie napadniecie, złożę skargę!

– Żeby to zrobić – pouczył go Ruty – człowiek musi być w stanie mówić albo pisać. Co z pokiereszowaną twarzą i połamanymi rękami nie jest łatwe.

– Powstrzymaj ich, panie! – mężczyzna zwrócił się błagalnie do Cheda.

– Muszę wiedzieć, jak się nazywa właściciel tego domu. Dziś wieczorem chcę znać jego imię.

– Dobrze, dobrze!

Opuszczając biuro, Ched się odwrócił.

– Kiedy tu wrócimy, nie będzie już czasu na dyskusje.

Stary zaprowadził Setnę do laboratorium Sekhet.

– Myślałem, że wyjechałeś do stolicy.

– Musiałem odłożyć podróż.

Stary nie wypytywał i zapukał do drzwi prywatnego królestwa młodej uzdrowicielki, która długo nie otwierała.

– Przygotowywałam skomplikowany lek i... Setna!

Młodzi padli sobie w ramiona.

– Miłość, miłość – mamrotał zarządca, oddalając się.

Sekhet i Setna pocałowali się namiętnie, szczęśliwi, że spotkali się wcześniej, niż przewidywali.

– Postanowiłeś zostać w Memfis? – zdziwiła się dziewczyna.

– Zatrzymały mnie ważne sprawy.

Setna dojrzał. Mimo młodego wyglądu Sekhet dostrzegała w nim silnego, zdecydowanego mężczyznę, który jest panem samego siebie.

– Zostałem wyniesiony do godności rytualisty Ptaha i mogę teraz co miesiąc pełnić służbę w świątyni jako „czysty kapłan". Mam też dostęp do biblioteki, w której przechowywane są pisma Przodków.

Sekhet była głęboko poruszona.

– To... to wspaniale! Spełniło się twoje marzenie!

Znowu się uściskali.

– Mnie też spotkało to szczęście – wyznała. – Przełożona kapłanek Sechmet poddała mnie najwyższej próbie, jaką jest spotkanie z boginią-lwicą w jej tajemnym sanktuarium.

Setna z niepokojem przypatrywał się dziewczynie.

– Nie jesteś ranna?

– Nie, bądź spokojny! Sechmet udzieliła mi nauki, otworzyła mi oczy! I od razu otrzymałam pierwszą misję do spełnienia. Przełożona wysłała mnie do głównych koszar Memfis, żebym spróbowała zapobiec śmierci poważnie poparzonego pacjenta.

– Udało ci się?

– Jakaś siła podpowiadała mi, co robić i jakie lekarstwa zastosować. Widziałam energie krążące w ciele pacjenta i uszkodzone miejsca, ale wiedziałam, że wyzdrowieje. Nie wahałam się powiedzieć tego twojemu przyjacielowi Chedowi.

– Chedowi? To on był tym beznadziejnym przypadkiem?

– Nie, jeden z jego ludzi. Ched wspominał o tajemnicy państwowej i poprosił, żebym nikomu nie mówiła o tym zabiegu, ale przed tobą, najdroższy, nigdy nie będę niczego ukrywać.

Młodzi spojrzeli sobie głęboko w oczy.

– Obiecuję ci to samo, Sekhet. Będziemy złączeni na wieczność.

Kochankowie przytulili się do siebie, pewni, że ich przysięga przetrwa próby i upływ czasu.

– Odłożyłem wyjazd z powodu bardzo smutnego wydarzenia – wyjawił Setna. – Właśnie umarł Bezwłosy, mój nauczyciel. Podobnie jak Sechmet tobie, on wskazał mi drogę, którą mam postępować.

– Czyżby to było coś skrajnie wymagającego?

– Lektura pism Przodków i wcielanie ich w życie nie przeraża mnie. Natomiast...

Ktoś zaczął usilnie dobijać się do drzwi pracowni. Sekhet otworzyła.

– Ched Wybawca chce mówić z Setną – zakomunikował Stary. – Ponieważ nie mógł go nigdzie znaleźć, pomyślał, że jest tutaj. Mam go odesłać?

– Niech przyjdzie – postanowił Setna.

Amulet w kształcie lwa będzie chronił Setnę (*Księga wychodzenia za dnia*, rozdział 17).

29

Setna i Sekhet spotkali się z Chedem przy stawie z lotosami. Zarządca zbrojowni miał jeszcze liczne opatrunki, ale szedł pewnie, a jego spojrzenie było pełne energii.

– Przepraszam za najście. Muszę pilnie porozmawiać z Setną.

Stary, wyczuwając panujące napięcie, pośpieszył po lekkie, chłodne piwo.

– Czy mój pacjent miewa się lepiej?

– To niewiarygodne, już stanął na nogi! Jestem pełen podziwu dla ciebie, pani. Uratowałaś mu życie, masz jego dozgonną wdzięczność. Niestety, pojawiły się jednak poważne problemy.

– I ciągle chodzi o tajemnicę państwową? – zapytała dziewczyna.

– Obawiam się, że tak.

– Czym ty się teraz zajmujesz? – zdziwił się skryba.

– Jak wspomniała Sekhet, to tajemnica państwowa. Mógłbyś mi jednak pomóc uporać się z pewną sprawą.

– Chciałbym wiedzieć o wszystkim.

– To niemożliwe, stary. Usiłuję wykonać pewną delikatną misję i przyrzekłem samemu faraonowi, że zachowam ją w tajemnicy.

– Jesteś moim najlepszym przyjacielem. Czyżbyś nie miał do mnie zaufania?

– Co byś o mnie pomyślał, gdybym nie był wierny danemu słowu? Tylko twój ojciec może odkryć przed tobą całą prawdę.

– Czyżby chodziło o *Księgę złodziei*?

Ched wyglądał na zaskoczonego.

– Jesteś pierwszą osobą, która o niej wspomina!

Setna nie wątpił w szczerość Wybawcy.

– Wybieram się do Pi-Ramzes. Porozmawiam z królem.

– A czy mogę przedtem liczyć na twoją pomoc?

– Czego ode mnie oczekujesz?

– Sprawa jest delikatna, bardzo delikatna.

Setna wyczuł, dlaczego Ched się waha.

– Przyrzekłem Sekhet, że nie będę miał przed nią żadnych tajemnic, i podobnie jak ty, dotrzymam słowa. Jakakolwiek byłaby twoja prośba, Sekhet tu zostanie.

Ched ustąpił.

– Chodzi o pewien hieroglif... związany z czarną magią.

– Jaki?

– Płomień, z którego wydobywa się intensywne ciepło, a z jego czubka płynie krew. Kiedy Uges dotknął tego rysunku, nie był w stanie się poruszyć. Zdołaliśmy go odciągnąć dopiero we trzech, ale płomień zdążył już spowodować nieprawdopodobnie gwałtowny pożar. Gdy wróciliśmy na miejsce, hieroglif wciąż emanował niszczycielską energią. Myślę, że koniecznie trzeba ją unieszkodliwić. Wiesz, jak to zrobić?

– Sądzę, że znajdę rozwiązanie w pismach zachowanych w świątyni Ptaha.

– A więc zgadzasz się mi pomóc?

– Czyżbyś miał wątpliwości?

Mężczyźni objęli się po przyjacielsku.

– Ja ze swojej strony też poszukam – oświadczyła Sekhet. – Przecież bogini lekarzy zna tajemnicę ognia, prawda?

Troje młodych ludzi wyruszyło w stronę centrum Memfis, gdzie wznosiły się świątynie Ptaha i Sechmet. Zabrali ze sobą Północny Wiatr. Stary zaś postanowił zadbać o to, by chłodne piwo się nie nagrzało.

W międzyczasie, mając nadzieję, że poszukiwania Setny i Sekhet przyniosą szybki rezultat, Ched Wybawca, Ruty i Nemo udali się do biura dyrektora katastru, przekonani, że jegomość, postraszony w słusznej sprawie, poda im wreszcie imię właściciela nawiedzonego domu.

Na spotkanie wybiegł im jego osobisty sekretarz.

– Mój szef, mój szef... – zaczął przerażony.

Nemo położył mu dłoń na ramieniu.

– Uspokój się, kolego! Co się stało z twoim szefem?

– Zniknął. Uciekł!

– Kiedy?

– Po tym, jak wyszliście. Uciekał jak szalony. Świadkowie twierdzą, że biegł w kierunku portu.

Trzej towarzysze spojrzeli po sobie. Nie było żadnych wątpliwości, trafili na członka siatki! Istniała jednak pewna nadzieja.

– Prowadź nas do archiwów – rozkazał Ched.

Sekretarz w końcu wygrzebał dokumenty dotyczące posiadłości Syryjczyka. Papirus opisywał ją ze szczegółami, jednak jego dolna część została oderwana. Imię właściciela zniknęło.

Ched z ponurą miną ruszył na spotkanie z Setną i Sekhet na dziedzińcu świątyni Ptaha. Zapadał wieczór, rozkoszna bryza niosła ożywczy chłód, mieszkańcy miasta spacerowali ulicami, nieświadomi czyhających na nich niebezpieczeństw. Tu i tam zapalały się lampy. Gospodynie przyrządzały kolację, dzieci się bawiły, Memfis cieszyło się spokojem. Jak długo potrwa jeszcze ta fałszywa sielanka?

– Wyglądasz na przygnębionego – zauważył Setna.

– Niepokojąca porażka. Ugaszenie tego feralnego płomienia oznaczałoby pierwszy sukces. Macie coś?

Kochankowie skinęli głowami. W jednej ze skórzanych sakw, które dźwigał Północny Wiatr, znajdował się potrzebny sprzęt. Osioł pośpiesznie podreptał w stronę domu Syryjczyka.

– Czyżby wiedział, dokąd idziemy? – zdziwił się skryba.

– Niemożliwe! – odparł Ched.

– Północny Wiatr to prezent od Starego – poinformowała ich Sekhet. – Wybrał dla mnie wyjątkowe zwierzę. Ten osioł jeszcze nas zaskoczy.

Kłapouch obrał najkrótszą drogę, wymuszając na przyjaciołach żwawe tempo. Ruty, Nemo i dziesiątka policjantów pilnowali ruin, z których wciąż wydobywał się czerwonawy dym.

– Coś się działo? – zapytał Ched.

– Nic do zgłoszenia – odpowiedział Nemo.

– Żadnych ciekawskich?

– Żadnych.

– Odsłońcie ogień.

Nemo i Ruty odsunęli zwęglone kawałki belek. Pojawił się fatalny hieroglif. Z płomienia wypłynęła krew, jakby rysunek został zraniony. Setna wypowiedział formułę odczyniającą ze starego podręcznika traktującego o usuwaniu i niszczeniu hieroglifów.

– Do ziemi, pełen niszczycielskiego jadu potworze! Niech twój zły ogień zapadnie się pod ziemię, niech utraci swą moc! Ty, który przeklinasz, bądź przeklęty! – powtórzył czterokrotnie, stając w punktach odpowiadających czterem stronom świata.

Czerwonawy płomień zachwiał się i przybrał kształt chwiejnej spirali, jakby tracił na sile. Jednak gdy tylko zgasł, natychmiast odrodził się z nową mocą. Wtedy do akcji wkroczyła Sekhet. By nadać zaklęciom namacalną siłę, postawiła obok płomienia wykonany z diorytu posążek bogini-lwicy. Uczestnikom rytuału wydawało się, że słyszą krzyk bólu. Płomień uniósł się, owinął szyję bogini i próbował zniszczyć figurkę. Setna, posługując się oczyszczonym nożem, odciął płomień, który w jednej chwili wysechł i rozsypał się w pył. Hieroglif rozpłynął się i zniknął pośród odrażającego bulgotu.

– Z czym my walczymy? – wymamrotał Nemo, któremu trochę ulżyło.

– Ohyda! – podsumował Ruty.

Sekhet podniosła posążek, którego spojrzenie usunęło ostatnie ślady uroku. Bańki się rozprysły, podłoże znowu stało się zwykłą ziemią.

– Trzeba kopać – oświadczył Setna.

Ruty i Nemo za pomocą kawałków drewna wydobyli z ziemi metalową tabliczkę. Widniało na niej czytelne imię: Kalasz.

Imię było syryjskie.

Za pomocą dobrej magii można ugasić niebezpieczny płomień (grobowiec Rechmire).

30

Mamy go! – zawołał Nemo.

– Najpierw trzeba go znaleźć – ostudził go Ruty.

– Myślę, że Uges już się nie może doczekać. Damy z siebie wszystko!

Ched przytaknął.

– Wasza interwencja była decydująca – odezwał się do Setny i Sekhet. – Bez was nie mógłbym iść dalej.

– Walczysz z potężnym wrogiem – stwierdził skryba. – Czyżby zagrażał nam gang Syryjczyków wspierany przez czarnego maga?

– Przykro mi, przyjacielu, złożyłem przysięgę milczenia.

– Powodzenia, Ched!

– A ja życzę wam dużo szczęścia!

Północny Wiatr ruszył w drogę powrotną do majątku Keku.

– Kiedy wypowiadałeś formułę zaklęcia, twój amulet świecił. – Dziewczyna wskazała wisior na szyi Setny. – To lew, prawda?

– Bezwłosy dał mi go, zanim wyzionął ducha, i polecił strzec, bo jest przekazywany z pokolenia na pokolenie.

– Jest obdarzony mocą – stwierdziła Sekhet. – Lew to niezłomny strażnik świątyń, aktywuje świetlistą energię, z której powstaje życie. Twój nauczyciel bardzo cię szanował. O co chodzi z tą *Księgą złodziei*? Ched chyba nie miał o niej pojęcia?

– Według Bezwłosego to przeklęty tekst, wskazujący położenie grobowców i skarbów. Miał zostać zniszczony, ale ukradł go jakiś czarownik. Mój nauczyciel nie zdążył go odnaleźć.

Spojrzenie Sekhet stało się poważniejsze.

– I tobie powierzył to niebezpieczne zadanie, prawda?

– „Przed tobą straszliwa próba", powiedział. Ale jeśli ty mnie nie opuścisz, czego miałbym się lękać?

Zamiast odpowiedzieć, namiętnie go pocałowała. Północny Wiatr cierpliwie czekał na koniec tych czułości.

Stary dopijał właśnie gąsiorek słodkiego czerwonego wina, rozkoszy dla żołądka, i nie krył radości na widok nadchodzącej trójki. Geb zamerdał ogonem.

– No, jesteście nareszcie! Już zaczynałem się niepokoić, twój ojciec także, Sekhet. Kolacja gotowa. Mam nadzieję, że obyło się bez problemów?

– Wszystko w porządku – potwierdziła dziewczyna. – Setno, zjesz z nami.

Stary zaplanował lekki posiłek: podano pory w sosie vinaigrette, pieczoną perliczkę, fasolkę i arbuza. Młode białe wino dla pobudzenia kubków smakowych, a następnie czerwone z urodzajnej ziemi, wspomagające trawienie i spokojny sen.

Witając ich, dostojny Keku ucałował córkę.

– Jakieś kłopoty?

– Trzeba było odczynić urok – odparła Sekhet. – Setna zastosował właściwe formuły.

– Ale to twoja córka wykonała najważniejszą robotę – podkreślił skryba. – Bez niej by mi się nie udało.

– Urok?! Jakiej natury? – zdziwił się Keku.

– Hieroglif w kształcie płomienia, poruszany jakąś niszczycielską mocą. Wywołał pożar i o mało nie zabił kilku ludzi.

– Straszne! Znaleźliście maga, który za tym stoi?

– Nazywa się Kalasz i prawdopodobnie jest Syryjczykiem. Może znasz to imię?

Keku się zastanowił.

– Nie, nic mi nie mówi.

– Być może ten człowiek stoi na czele szajki złodziei – odezwał się Setna.

– Jeśli pracuje w porcie, policja szybko go złapie i położy kres tej ponurej historii. Usiądźmy i cieszmy się tą miłą kolacją.

W czasie gdy Stary karmił osła, który łapczywie wsuwał chleb maczany w piwie, biesiadnicy raczyli się świeżymi i wykwintnymi daniami.

– Napisałem do generała Ramesu – obwieścił Keku. – Mam nadzieję, że w pojednawczym tonie. Niemniej jednak, Setno, nadal twierdzę, że wyłącznie bezpośrednia braterska rozmowa i wyjaśnienia mogą ukoić jego urazę.

– Możesz na mnie liczyć, panie. Wybiorę się do stolicy po pogrzebie mojego nauczyciela.

– I jak tam, staruszku, trzymasz się na nogach? – zapytał Nemo.

Uges wyprostował się dumnie.

– Jestem głodny.

– My też.

Czterej towarzysze pochłonęli wędzoną rybę, placki orkiszowe, mięso i polewkę z soczewicy.

– Mamy dobrą wiadomość – oświadczył Ruty znad kubka z mlekiem. – Znamy imię tego drania, który chciał nas upiec.

– Niemożliwe – szepnął Uges i zaświeciły mu się oczy.

– Kalasz, syryjski kupiec, który ma konszachty z dokerami.

– Mały wypad do portu uzdrowi mnie do reszty.

– Jesteś pewien, że już doszedłeś do siebie?

Uderzeniem pięści Uges rozbił stolik, który rozpadł się na cztery kawałki.

– Chyba już wszystko w porządku. Przejdziemy się?

Oddział w wyśmienitym humorze opuścił koszary i ruszył w stronę portu.

– Żadnego bicia dla przyjemności – polecił Ched. – Priorytetem jest uzyskanie wiarygodnych informacji.

– Spokojnie – odpowiedział Uges, który czuł, że jest w świetnej formie. – Nie zapomniałeś podziękować w moim imieniu tej pięknej damie, której zawdzięczam życie?

– Cieszy się z twojego wyzdrowienia.

– Niesamowita dziewczyna! Zazdroszczę zuchowi, którego wpuści do łóżka.

– Sekhet wychodzi za mąż za mojego przyjaciela Setnę.

– Cholerny szczęściarz!

Czterej mężczyźni przystanęli, obserwując, co się dzieje w porcie. Od brzegu odbijały dwa statki handlowe, dokerzy właśnie rozładowywali cztery inne. Rozlegały się nawoływania, padały rozkazy, ktoś interweniował i ruch wracał na zwykłe tory.

Ched wraz z trójką towarzyszy przekroczyli próg kapitanatu. Roiło się w nim od rachmistrzów sprawdzających konosamenty. Nie było szans, by jakiś towar uniknął opodatkowania.

– Wstęp wzbroniony! – zawołał jeden z urzędników, zrywając się z miejsca.

– Chcemy porozmawiać z twoim szefem – oświadczył spokojnie Ched.

– To niemożliwe, jest bardzo zajęty.

– Służby królewskie nie czekają.

– Nie znam was i...

– Irytujesz mnie, kolego – uciął Uges. – Bardzo nam się śpieszy.

Obawiając się poważniejszego incydentu, mężczyzna przestał stawiać opór i pobiegł powiadomić przełożonego, który okazał się lalusiem o wypomadowanych włosach.

– W czym mogę wam pomóc?

Ruty zamknął drzwi pomieszczenia, którego okna wychodziły na nabrzeże.

– Nie podobają mi się te maniery i...

– Zamknij się i słuchaj – polecił mu Ched, pokazując oficjalną tabliczkę z informacją, że dysponuje pełnią uprawnień.

– Skoro tak... – zgodził się laluś.

– Szukamy niejakiego Kalasza.

– Syryjskiego kupca?

– Właśnie.

– To poważny handlowiec, poza wszelkimi podejrzeniami!

– Był oskarżony o przemyt.

– Ale go oczyszczono! Moim zdaniem nie można mu niczego zarzucić.

– Tak sądzisz?! – huknął Uges, wyraźnie poirytowany.

– Zapewniam was...

Wojak złapał mężczyznę za brzeg tuniki i uniósł w górę.

– Czyżbyś był jego wspólnikiem?

– Mówisz od rzeczy...

– Twój Kalasz jest mordercą i mamy rozkaz go aresztować. Albo zaczniesz mówić, albo roztrzaskasz się o nabrzeże.

Szef kapitanatu zrozumiał, że siepacz nie żartuje. Ched wolałby, żeby jego podwładny wykazał więcej taktu, ale Uges dopiero co otarł się o śmierć, więc można mu było wybaczyć pewne nadużycia.

– Postaw mnie, będę mówił!

Ched skinął głową i żołnierz opuścił wypomadowanego urzędnika na podłogę.

– Nie próbuj kłamać – doradził Ruty. – Kolega nie znosi obłudy i wyczuwa ją jak pies myśliwski.

By uniknąć spojrzenia Ugesa, mężczyzna spuścił głowę.

– Przedwczoraj Kalasz kupił lekki statek, zatrudnił tuzin marynarzy i opuścił Memfis.

– Kierunek?

– Teby.

Teby, duże miasto na południu, sanktuarium boga Amona. Dziwne, pomyślał Ched. Dlaczego kupiec nie próbował dostać się do rodzinnego kraju? Jako że miał pamięć do twarzy i talent plastyczny, wziął kalamus, kawałek papirusu i naszkicował portret.

– Znasz tego człowieka?

– Był z Kalaszem, nie wiem, jak się nazywa.

A więc dyrektor katastru był wspólnikiem syryjskiego maga! Śledztwo wkraczało na właściwe tory. Uges, nieufny, złapał lalusia za włosy.

– Wszystko powiedziałeś?

– Tak, tak, przysięgam!

– Tak byłoby lepiej dla ciebie.

Decyzja narzucała się sama: należało wyczarterować okręt wojenny, udać się do Teb i schwytać syryjskiego maga i jego bandę.

31

Wieczór był ciepły, Geb spał obok Północnego Wiatru, który również drzemał. Także Stary pozwolił sobie na kilka godzin relaksu. Po dniu ciężkiej pracy w upale wypoczywali wszyscy domownicy. Zbliżał się nowy rok i przygotowywano się do suto zakrapianych obchodów.

Keku wraz z córką siedzieli w wygodnych fotelach pod daszkiem, kontemplując noc i ogród. Właściciel wspaniałego majątku pił słodkie wino, Sekhet raczyła się lekkim piwem.

– Muszę z tobą poważnie porozmawiać, droga córko.

– Czyżby Setna ci się nie podobał?

– Przeciwnie! Poważny, inteligentny, odważny... Ma wiele zalet.

– A więc nie jesteś przeciwny mojemu małżeństwu?

– Złożyłem broń. Decyzja należy do ciebie i tylko do ciebie.

Pocałował ją w czoło.

– Wiedziałam, że zrozumiesz! Kocham Setnę, a on

kocha mnie. To takie proste! Ale powiedz mi, co to za poważna rozmowa? Odmawiają ci stanowiska ministra gospodarki?

– Decyzja będzie zależeć od talentu dyplomatycznego Setny i reakcji generała Ramesu, a przede wszystkim od woli króla.

– A więc sprawa nie jest przegrana! Moim zdaniem Setna potrafi ich przekonać.

– W pewnym sensie wynik tej misji mało mnie obchodzi.

Sekhet się zdziwiła.

– Ale przecież chcesz tego stanowiska!

– To tylko etap. I być może pokonam go szybciej, niż się spodziewamy.

– Nie rozumiem, ojcze.

– Słabo mnie znasz, Sekhet. Chciałbym ci opowiedzieć o moich prawdziwych planach. Jesteś jedyną osobą, którą darzę pełnym zaufaniem. Przejdźmy się, dobrze?

Ruszyli jedną z piaszczystych alejek ogrodu, kluczącą między drzewami i kępami kwiatów. Księżyc w pełni rzucał srebrzysty blask na liście, ptaki wymieniały miłosne trele.

– Sekhet, wiesz, że ciężko pracowałem, by zdobyć to, co mamy dzisiaj. Mimo że zostałem wdowcem, starałem się, by lata twojego dojrzewania były szczęśliwe, i oto stoisz u progu małżeństwa i błyskotliwej kariery lekarskiej. To piękna perspektywa, ale pod wpływem ostatnich zdarzeń moje ambicje... n a s z e ambicje wzrosły.

Sekhet nie zareagowała, zaintrygowana.

– Dopuściłem się małego kłamstwa – wyznał Keku – twierdząc, jakobym nie znał Kalasza, tego syryjskiego kupca. Setna nie jest jeszcze twoim mężem ani członkiem naszej rodziny. Zachowałem prawdę tylko dla ciebie.

– Ten Kalasz to zbrodniarz!

– W żadnym razie, droga córko. Nie słuchaj tych oficjalnych oszczerstw. Kalasz był bogatym człowiekiem, miał wspaniałą żonę i dwóch synów. Kiedy armia egipska wracała spod Kadesz, zrównała z ziemią jego majątek i wymordowała rodzinę. Pozostawiony na pastwę śmierci postanowił się zemścić. Gdy został kupcem, stworzył siatkę przeciwników Ramzesa i spotkał starego kapłana świątyni Ptaha, a ten okazał się naiwnym gadułą i powiedział mu o istnieniu księgi wskazującej położenie grobów, w których znajdują się skarby.

– *Księgi złodziei*?

– Tak ją nazywa obecna władza. Rzeczywiście to bardzo użyteczne dzieło, które nie powinno było opuścić królewskich archiwów. Administracja wykonała jednak kopie i jedna z nich dostała się w ręce mojego przyjaciela Kalasza.

– Twojego... przyjaciela?

– Byłem wstrząśnięty niesprawiedliwością, jaka go spotkała. Nic dziwnego, że chce ją pomścić. Kalasz wykazał się prawdziwą szlachetnością, przekazując mi ten dokument i prosząc mnie o pomoc.

– Ten Syryjczyk to czarny mag! – zaprotestowała Sekhet. – Narysował przeklęty płomień, który miał zabijać!

– Mylisz się, córko. To ja jestem jego autorem. Byłem zmuszony chronić mojego przyjaciela, któremu zagrażali mordercy na żołdzie Ramzesa.

– Ched i jego ludzie nie są mordercami!

– Niestety tak, i to najgorszego gatunku! Słuchają rozkazów generała Ramesu, którego zaloty słusznie odrzuciłaś.

Sekhet była wzburzona. Jak się pogodzić z taką nikczemnością?

– Uratowałem Kalasza i jestem z tego dumny. Dzięki tej księdze odkryłem pewien skarb. Najbardziej niewiarygodny i najwspanialszy spośród wszystkich skarbów. Podzielimy się nim.

– Czy naprawdę go potrzebujemy, ojcze?

– Nie chodzi mi o dobra materialne, lecz o władzę. Potężniejszą od władzy faraona.

– Przerażasz mnie!

– Rozumiem twoje obawy, Sekhet, ale rozproszę je. Ty, która masz dostęp do straszliwych tajemnic lwicy Sechmet, poznałaś boskie moce. Skarb, który jest w moim posiadaniu, jest od nich potężniejszy. Chodzi o zapieczętowany dzban Ozyrysa zawierający sekret życia i śmierci.

Oszołomiona dziewczyna zatrzymała się i spojrzała na ojca, który emanował zatrważającym spokojem.

– Jak... jak go odkryłeś?

– *Księga złodziei* wskazywała położenie przeklętego grobowca, w którym znajdował się dzban. Był on pod ścisłym nadzorem, niedostępny dla ludzi. Tak przynajmniej sądził król, opierając się na opinii dworskich magów i kapłanów. Księga zawierała cenne wskazówki dotyczące złamania pewnych zabezpieczeń, a mój przyjaciel Kalasz dostarczył mi syryjskie teksty opisujące sposób zniszczenia czarów ochronnych. Konsultowałem się ze specjalistami, przyswajałem wiedzę, szczegół po szczególe sprawdzałem skuteczność wielu metod. Kiedy poczułem się gotów, odważyłem się podjąć wyzwanie.

– Czy ten grobowiec nie był pilnowany?

– Tak, musiałem się pozbyć żołnierzy tyrana. Zważywszy na cel, to mało istotne.

– Zabiłeś tych ludzi?

– Nie bądź sentymentalna, Sekhet. Walka z uciskiem wymaga okrutnych środków, a rządy Ramzesa to najgorszy spośród wszystkich możliwych ucisków. Ci żołdacy mieli rozkaz zlikwidować każdego, kto zbliżyłby się do przeklętego grobowca. Nie miałem wyboru.

– I odważyłeś się wejść do środka?

– Przyznaję, że miałem żołądek ściśnięty ze strachu. Gdyby moja wiedza okazała się nieskuteczna, nie przeżyłbym. Zebrałem jednak owoc długich nocy poświęconych nauce, zaklęcia i procedury, które zastosowałem, zadziałały bez zarzutu. Sforsowałem drzwi ostatniej kaplicy i zabrałem zapieczętowany dzban, obawiając się, że mnie unicestwi. Dysponowałem jednak środkiem, który pozwolił mi go kontrolować, przynajmniej częściowo: energią świata umarłych.

Sekhet wydawało się, że zemdleje. Nie poznawała własnego ojca.

– Ukryłem zapieczętowany dzban w bezpiecznym miejscu – ciągnął Keku. – Tylko ja wiem, gdzie się znajduje, i nikt nie jest w stanie po niego sięgnąć.

Dziewczyna poczuła ulgę.

– A więc przygoda skończona!

Keku objął ją czule.

– O nie, najdroższa córko, to dopiero początek! Do tej pory zapieczętowany dzban służył tyranom. Jutro stanie się narzędziem naszego zwycięstwa. Używając jego niesamowitej mocy, skruszymy potęgę faraona i państwo, które się na niej opiera. Powrócimy do pierwotnego chaosu i odmienimy oblicze tego świata. Król wie, że jego tron się chwieje. Posyła swoich najlepszych ludzi na nieznany teren, by odzyskać najcenniejszy skarb, używa też magicznych systemów ochrony, które będziemy musieli rozpoznać i zniszczyć. Zapowiada się zacięty bój i twoja pomoc będzie mi niezbędna.

– Po co zaczynać tę wojnę?

– Ramzes prowadzi nas ku ruinie, utrwalając tradycję swoich przodków, która polega na walce ze Złem. Zło to energia owego chaosu, któremu dzięki zapieczętowanemu dzbanowi przywrócimy prawowitą władzę! Odwrócę jego naturę, siejąc śmierć, i sprawimy, że cała ziemia stanie się jałowa.

Sekhet przeżywała wewnętrzny koszmar.

– Dlaczego, ojcze? Dlaczego?

– Ludzie są dziećmi śmierci, ona jest najwyższą władzą, którą winniśmy czcić. Bogaty czy biedny, dostojnik czy wieśniak, nikt przed nią nie ucieknie. Zapieczętowany dzban kryje w sobie tajemnicę śmierci i ja mu ją wydrę! Wyobrażasz sobie ten nowy rozkwit? Kiedy zniknie to, co niepotrzebne, zostanie tylko istota i poznamy źródło Stworzenia. Czyż istnieje szlachetniejsze zadanie?

Dziewczyna była rozdarta. Keku spoglądał na gwiazdy.

– Podzielasz mój pogląd, Sekhet, jako uczennica bogini-lwicy, która sieje postrach, posyłając swych emisariuszy, by zniszczyli ten lud służalców. Ramzes na próżno usiłuje utrzymać głowę nad powierzchnią wody. Zatopimy go, wzbudzając przeogromną falę zrodzoną z podziemnego ognia! Wtedy wyrosną kwiaty Zła, a my zostaniemy panami tej ziemi. Ty, która panujesz nad mocami Sechmet, będziesz wiedziała, jak je wykorzystać.

Sekhet usiadła pod sykomorą i ukryła twarz w dłoniach.

– Czuję się zagubiona, ojcze...

– To normalne, córko. To, co przed tobą odkrywam, jest niesamowite. Razem przekroczymy zakazaną granicę i poznamy to, czego nie dosięgnął żaden umysł. Powtarzam: twoja pomoc jest mi niezbędna.

– Pozwól mi się zastanowić.

Keku pomógł jej wstać.

– Inna reakcja by mnie rozczarowała. Jesteś wyjątkową kobietą, Sekhet, jedyną, która jest w stanie dostrzec ostateczny cel. Jutro dasz mi odpowiedź.

Czarownik odszedł.

Dziewczyna drżała. Właśnie odkryła, kim naprawdę jest jej ojciec. Zalew sprzecznych myśli był dla niej torturą.

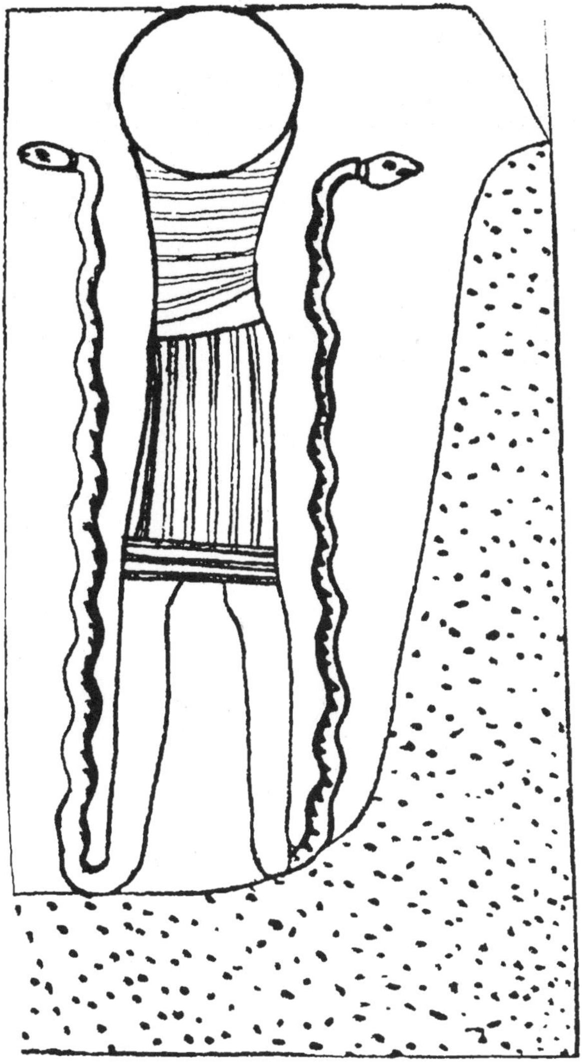

Aby dostać się do przeklętego grobowca, czarownik ulega przeobrażeniu: jego głowa zmienia się w kulę złowieszczego światła, a nogi w węże (za Champollionem).

32

Miejsce wiekuistego spoczynku Bezwłosego od dawna było przygotowane. Za pomocą mocnych lin kapłani opuścili na dno grobowca ciężki sarkofag o wiecznie młodym obliczu. Komora grzebalna zostanie wypełniona kamieniami, a kaplica będzie dostępna dla odwiedzających. Będą tam składać dary i celebrować uczty upamiętniające tego, który na ziemi i w niebie został uznany za „usprawiedliwionego głosem".

Setna opłakiwał mistrza, który tak wiele go nauczył. Bezwłosy – zamknięty w sobie, zimny i wymagający – troszczył się tylko o praktykę hieroglifów i kształcenie uczniów. Setna nigdy go nie zapomni. Kroczyć drogą prawości, nie zbaczać z niej pod wpływem własnej fantazji, nade wszystko cenić sobie obowiązkowość, nie ustawać w pogłębianiu wiedzy, uznawać własne słabości i starać się je przezwyciężyć... Bezwłosy był mędrcem, stanowił niezbędny łącznik między Przodkami a przyszłymi kapłanami. Możliwość korzystania z jego nauk była wyjątkowym szczęściem.

Wtajemniczeni z Domu Życia w Memfis odprawili sekretne rytuały, dzięki którym dusza zmarłego mogła podążyć ku słońcu i przemienić się w światło. Jeden z nich wypowiedział ostatnią modlitwę, kapłan Anubisa zapieczętował drzwi grobowca i w nekropolii zapadła cisza.

Setna został sam, chłonąc magiczną atmosferę pustyni, wypełnioną promieniowaniem zmartwychwstałych. Wiatr niósł ich słowa, miejsce spoczynku nie było domeną śmierci, lecz przemienionego życia. Skryba przypomniał sobie ostatnie słowa Bezwłosego. Zanim nauczyciel oddał ducha, powierzył mu misję: odnaleźć człowieka, który ukradł *Księgę złodziei*, za cenę „straszliwych" prób. Czy pierwszą z nich nie było unicestwienie śmiercionośnego hieroglifu? Czy rysunek miał związek z tajemnicą państwową, o której wspominał Ched Wybawca wykonujący jakieś tajne zadanie, być może mające coś wspólnego ze zniknięciem księgi?

Konfrontacja z Ramesu nie zapowiadała się miło. Upór starszego brata będzie poważną przeszkodą, generał przywykł do tego, że inni okazują mu posłuszeństwo, i nie znosił sprzeciwu. Setna jednak nie obawiał się tej rozmowy. Pewien głębi własnych uczuć i miłości Sekhet zdoła przekonać Ramesu, by zrezygnował ze starań o rękę dziewczyny. Jego matka, Isetnofret, poprze go, ale jakie będzie zdanie Ramzesa? Może ojciec narzuci mu decyzję związaną z ową „tajemnicą państwową", która być może ma coś wspólnego ze zniknięciem *Księgi złodziei*?

Wydawało się, że szczęście jest tak blisko... Zaczęły się

jednak zbierać ciemne chmury. Wieczorem Setna spełni swą kapłańską funkcję, przygotowując misy do oczyszczeń przeznaczone do porannych obrzędów. Nazajutrz wyjedzie do stolicy.

Co za feralny dzień, wręcz najgorszy z możliwych! Na początek katastrofa: dzban wina z chorobą korkową! Stary musiał wypluć białe wytrawne, które każdego ranka służyło mu do rozruszania stawów. Dalszy ciąg był już tylko serią klęsk: źle wypieczony chleb, choroba kilku robotników, ogrodnik ranny w rękę, opóźnienia w dostawach! Tylko człowiek o grubej skórze mógł się nie ugiąć wobec takiego pasma goryczy. Gdyby Stary się poddał, wszystko by się zawaliło.

Przeżuwając przekleństwa, zapominając o bólu, łatał dziury, by gospodarstwo funkcjonowało jak najlepiej; rugał opieszalców, budził śpiochów, ponaglał robotników. Śniadanie Keku zostało przygotowane bez zarzutu. Dostojnik we wspaniałym stroju wsiadł do lektyki i udał się do biura burmistrza Memfis, gdzie zamierzał przedstawić projekt budowy nowych spichlerzy. Krążyły już słuchy o awansie Keku, a jego postawa zwycięzcy tylko je potwierdzała.

Gdy Geb, niespokojnie zerkając, trącił pyskiem nogę Starego, mężczyzna zdał sobie sprawę, że coś jest nie tak: Sekhet nie wyszła jeszcze z pokoju. Jej fryzjerka plotkowała z makijażystką.

– Na co czekacie, dlaczego nie budzicie pani?

– Niech sobie pośpi – odparowała fryzjerka. – Może dochodzi do siebie po intensywnym wieczorze. W jej wieku to normalne.

Zarządca nie skomentował i zapukał do drzwi sypialni. Żadnej odpowiedzi. Zaniepokojony otworzył. Sekhet leżała na łóżku z twarzą wtuloną w poduszki. Nie spała. Płakała.

– Maleńka... Co się dzieje?

Chrapliwy, drżący ze wzruszenia głos Starego dodał Sekhet otuchy i dziewczyna odwróciła się do niego. Nigdy nie widział, by była tak bardzo strapiona.

– Wybacz. Jestem śmieszna.

– Kto cię skrzywdził, Sekhet?

Dziewczyna otarła łzy.

– Nie, nic. Już zapomniałam.

Wstała i zamknęła się w łazience. Starego nie dało się jednak oszukać. Ostatnią osobą, z którą Sekhet długo rozmawiała poprzedniego wieczoru, był jej ojciec. Czyżby Keku sprzeciwiał się jej małżeństwu z Setną?

– Wszystko w porządku? – zapytał.

– Proszę, zawołaj fryzjerkę.

Keku wrócił z miasta niedługo przed zachodem słońca. Stary natychmiast podał mu lekkie piwo.

– Znakomity dzień – oświadczył wesoło właściciel

majątku. – Burmistrz zatwierdził mój projekt budowy nowych spichlerzy i pogratulował mi zarządu.

– Kiedy zostaniesz powołany na ministra, panie, będziesz musiał opuścić Memfis. Czy zachowasz ten majątek?

– Nie ma mowy, bym się go pozbył! Kocham to miejsce, a Memfis nadal będzie gospodarczym centrum kraju. Będę musiał często tu przyjeżdżać, a ty pozostaniesz moim zarządcą.

– Bywa, że przeklinam ten zawód! Jeśli o mnie chodzi, ten dzień był porażką. Ale w końcu daliśmy radę.

– Ty zawsze dajesz radę, Stary! Czy moja córka jest w domu?

Pojawiła się Sekhet. W czerwonej sukni, doskonałym makijażu, bransoletach na nadgarstkach i kostkach oraz eleganckich skórzanych sandałach wyglądała wyjątkowo pięknie.

– Napijesz się czegoś, pani? – zapytał Stary.

– Twojego najlepszego wina.

Zarządca czym prędzej spełnił jej życzenie i usunął się. Najwyraźniej ojciec i córka zamierzali odbyć rozmowę.

By dodać sobie odwagi, Sekhet wypiła puchar wspaniałego różowego wina pochodzącego z trzeciego roku panowania Ramzesa. Keku przyglądał jej się bez słowa.

– To, co mi powiedziałeś, ojcze... To był zły sen, prawda? Chciałeś mnie tylko nastraszyć?

– Nie, córko, opisałem ci prawdziwą naturę mojej walki. Czy zgadzasz się mi pomóc, walcząc u mego boku aż do ostatecznego zwycięstwa?

Sekhet zdołała wytrzymać lodowate spojrzenie człowieka, którego kochała i szanowała, nieświadoma jego prawdziwych zamiarów.

– Nie, nie pomogę ci. Potępiam tę walkę.

Dziewczyna spodziewała się, że ojciec wybuchnie gniewem albo w chłodny sposób wyrazi swoją wściekłość. Ale on miał dobroduszną minę, jakby mu ulżyło.

– Szanuję twoją decyzję, droga córko, i rozumiem ją. Bez ciebie nie jestem w stanie osiągnąć celu, zresztą może to i lepiej.

– A zatem rezygnujesz?

– Zmuszasz mnie do tego.

– Co się stanie z zapieczętowanym dzbanem Ozyrysa?

– W miejscu, w którym go ukryłem, nikt nie zdoła go dosięgnąć. Jest stracony na zawsze. Czyż to nie idealne rozwiązanie? Twoja miłość więcej dla mnie znaczy niż władza, bez względu na to, jak byłaby niezwykła! Każde z nas pójdzie swoją drogą: ty wyjdziesz za mąż, a ja będę pełnił powierzone mi funkcje.

Padli sobie w ramiona.

Sekhet znowu zapłakała, ale tym razem z radości. Wyglądało na to, że koszmar się skończył. Pozostał w niej jednak pewien niepokój: czy zdoła zapomnieć o straszliwej, przerażającej mowie ojca?

Podczas pochówku wtajemniczonego, znającego „formuły przemiany w światło", jego mumia poddawana jest obrzędowi otwarcia ust i oczu. Anubis, bóg o głowie szakala, strzeże go i otwiera przed nim drogi do zaświatów. Kapłan ubrany w imitację skóry pantery święci ofiary, podczas gdy „płaczki" recytują litanie do zmarłego i zmartwychwstałego Ozyrysa (*Księga wychodzenia za dnia*, rozdział 1).

33

Jednym uchem Stary wsłuchiwał się w podniesione głosy. Gdy rozmowa między ojcem i córką stała się jednostajna, wywnioskował, że wszystko zmierza w dobrym kierunku. Kątem oka zobaczył, jak Sekhet wraca do swoich apartamentów, a Keku – do swoich. Żwawy krok pani go uspokoił. Wyglądało na to, że problem został zażegnany i Stary może wreszcie odpocząć po dniu pełnym wyzwań. Ostatni kłopot: Geb nie tknął miski. Trudno, zje później.

Ledwie zarządca przyłożył głowę do poduszki, zaczął śnić o ogromnej, sięgającej nieba winnicy. Z kiści o wielkich gronach spływał nektar przyprawiający jego kubki smakowe o ekstazę. Szczęście byłoby całkowite, gdyby coś nie podrapało go po policzku. Stary obudził się poirytowany. Pies cofnął łapę. Miał niespokojne oczy, język zwisał mu z pyska.

– Co się dzieje, stary?

Geb zaskomlał przestraszony, jakby bał się głośno

zaszczekać. Najwyraźniej coś było nie tak. Stary potrafił czytać myśli zwierząt i zrozumiał ostrzeżenie.

– W porządku, to coś poważnego. Już idę.

Zwierzę i człowiek w ciszy skierowali się ku murowanemu ogrodzeniu po wschodniej stronie budynku. Geb usiadł, wpatrując się w mrok. Stary czekał, pewien, że pies nie budził go na próżno. I nagle ich zobaczył. Dwie potężne postaci wspięły się na mur z zamiarem przedostania się na teren posiadłości. Zważywszy na masywną budowę intruzów, Stary nie byłby w stanie stawić im czoła, zwłaszcza jeśli byli uzbrojeni. Pozostawało mu tylko wszcząć alarm. Pies jednak położył łapę na jego dłoni i wpatrywał się w niego intensywnie, prosząc o przyjęcie innej strategii. Dlaczego Geb, świetny stróż, nie szczekał, dlaczego zabraniał Staremu wezwać pomocy? To, co mężczyzna wyczytał w oczach zwierzęcia, przeraziło go.

– Nie, niemożliwe...

Oczy psa były nieruchome.

– W takim razie nie traćmy czasu!

Pies rzucił się naprzód. Kierunek, jaki obrał, potwierdził obawy Starego, który musiał sobie przypomnieć, jak biegał, gdy miał dwadzieścia lat.

Dwaj dokerzy mieli pietra. Mimo że byli silni, obawiali się chwili, gdy po raz pierwszy w życiu będą musieli zabić człowieka. Nawykli do bójek, ran, guzów, okrutnych ciosów, ale zadać śmierć... Będą musieli z maksymalną brutalnością wbić noże prosto w serce. Tego, który miał uderzyć jako pierwszy, wyłonili w losowaniu.

Gdy przechodzili przez mur, jeszcze się wahali. Kiedy jednak znaleźli się w środku, nie było odwrotu. Jedynym ich celem była niebotyczna nagroda, jaką im obiecano. Dom i ziemia! Nieosiągalne marzenie, koniec harówki w porcie. Robotnicy rolni będą dla nich pracować, oni zaś przez całe dnie będą tylko pili i spali. A wszystko to w zamian za dokonanie zbrodni, o którą nigdy nie zostaną oskarżeni! Głupotą byłoby odmówić.

Kiedy nadszedł decydujący moment, byli spięci. Wskazano im trasę, którą mają iść, by się na nikogo nie natknąć. Pilnujący domu pies dostał środki usypiające. Ewentualną przeszkodą mógł się okazać stary zarządca, który czasem cierpiał na bezsenność. Syryjczycy mieli go zlikwidować. Dotarli na próg domu. Jedne z drzwi były otwarte.

– Sekhet, obudź się, szybko!

Dziewczyna, wyrwana z ciężkiego, niespokojnego snu, otworzyła oczy i dostrzegła przestraszony wzrok Starego.

– Wstań, ubierz się i uciekaj!

Sekhet usiadła, nie bardzo rozumiejąc, o co chodzi.

– Co się dzieje?

– Jesteś w śmiertelnym niebezpieczeństwie i musisz natychmiast opuścić ten dom.

– To niedorzeczne! Dlaczego nie zawiadomisz służby i mojego ojca?

– Obawiam się wspólników.

– Wspólników? Tutaj?

– Jeśli chcesz żyć, uciekaj! Opuść Memfis, zdaj się na Geba.

Sekhet wyczuła, że Stary nie przesadza. W obliczu nieoczekiwanego niebezpieczeństwa ubrała się w pośpiechu i ruszyła za psem, który ominął główne schody. Zarządca ułożył wałek z poduszek i nakrył go prześcieradłem. Ledwie wyszedł, próg pokoju przekroczyli dwaj Syryjczycy. Byli boso. Pierwszy rzucił się na łóżko i rozpoznawszy podłużny kształt, uderzył na wysokości serca. Jego towarzysz zrobił to samo.

– Ratunku! Na pomoc!

Żona piekarza aż podskoczyła. Jej mąż chrapał. Kobieta nim potrząsnęła.

– Nie słyszysz?

– Nie, coś ci się przyśniło. Śpij.

I znowu to samo wołanie:

– Ratunku! Na pomoc!

– To chyba Stary! Wstawaj, trzeba zobaczyć!

Rzemieślnicy i służący wypadli z pokojów i biegali we wszystkich kierunkach. Uspokoił ich mocny głos Keku.

– Gdzie Stary? – zapytał.

– Tutaj – odpowiedział zarządca zmęczonym głosem.

Siedział oparty o drzewo granatu i z trudem łapał oddech.

– To ty wzywałeś pomocy?

– Tak, panie.

– Dlaczego?

– Jacyś ludzie dostali się do domu!

– Jesteś pewien?

– Źle spałem, wyszedłem się przewietrzyć. I wtedy ich zobaczyłem! Weszli i wyszli tak szybko, że nie zdążyłem ich zatrzymać.

– Miałeś szczęście – stwierdził piekarz. – Zabiliby cię!

– Ilu było tych złodziei?

– Sześciu, siedmiu, może więcej... To się działo tak szybko!

– Strażnik nie interweniował?

Wywołany do odpowiedzi skłonił głowę.

– Nie weszli przez bramę, panie!

– A pies? – zdziwił się Keku. – Dlaczego nie szczekał?

Wszyscy zaczęli się rozglądać. Po Gebie nie było ani śladu.

– A moja córka? Nie obudziła się?

Nieobecność Sekhet zaskoczyła domowników i na wszystkich padł strach. Przeskakując po dwa stopnie, Keku pokonał schody prowadzące do apartamentów dziewczyny. Stary szedł za nim.

– Sekhet, jesteś tam? – zapytał ojciec. – Odezwij się!

W łóżko wbite były dwa noże. Keku gwałtownym ruchem uniósł prześcieradło. Nie było ciała, nie było krwi.

– Sekhet, gdzie jesteś? – Keku wielkimi krokami przemierzał pomieszczenia zajmowane przez córkę.

Pusto.

– Czy ci ludzie ją uprowadzili? – zapytał Starego, który wpatrywał się w noże.

– Nie sądzę.

– Widziałeś ich czy nie?

– Panie, mówiłem ci, to się działo tak szybko! Ale twojej córki nie zauważyłem.

Keku zarządził gruntowne przeszukanie całej posiadłości, nie przyniosło ono jednak żadnego skutku. Sekhet zniknęła.

– Natychmiast powiadomię burmistrza Memfis i policję. Znajdziemy ją.

34

Ruch w memfickim porcie zaczynał się o świcie. Dokerzy ładowali pierwsze statki wyruszające w stronę Teb, dużego miasta na południu, lub Pi-Ramzes, nowej stolicy na północy kraju. Połączenia rzeczne między Memfis, centrum gospodarczym, a Pi-Ramzes, ośrodkiem władzy, były częste i szybkie.

Po skończonej służbie w świątyni Setna wyruszył w drogę, zabierając ze sobą tylko plecak z przyborami skryby i dokładnie zwiniętą matą. Wciąż przesiąknięty atmosferą świątyni Ptaha i jej miłymi zapachami, myślał o rytuale, jaki odprawiał potajemnie wielki kapłan w imieniu faraona. Jako jedyny był on upoważniony do otwierania drzwi sanktuarium, by obudzić stwórczą moc, szafarkę światła. Bez niej zgasłoby wszelkie życie. Bezwłosy nie powiedział swojemu uczniowi więcej na ten temat, świadom, że tylko odpowiednie obrzędy każdego ranka utrwalają ten cud na zakończenie wielkiego pojedynku nowo narodzonego słońca z mocami ciemności.

Rano, tuż przed przebudzeniem, Setna bardzo się bał.

Wydawało mu się, że widzi, jak jakaś monstrualna bestia pożera Sekhet. Zlany potem, z walącym sercem, potrzebował długich minut, by wyrwać się z objęć koszmaru.

Letnie upały były coraz silniejsze i wody w rzece ubywało. Jeśli na dodatek brakowało wiatru, podróże były dłuższe i wymagały od załogi ogromnego wysiłku. Wioślarze męczyli się, ale nie narzekali, ponieważ płacono im pokaźne premie. Wszyscy czekali na wylewy, które oznaczały świętowanie nowego roku i niezapomniane uczty.

Setna przygotowywał się do konfrontacji ze starszym bratem. Miłość dawała mu nieznaną siłę, która wspomagała jego naturalny spokój. Ramesu, wojownik i myśliwy, pożądał Sekhet jako łupu. Setna pragnął budować z nią wspólne życie. Spotkanie z faraonem miało być trudną próbą. Król dawno już przysłonił w nim ojca i w każdej sytuacji Ramzes przedkładał obowiązki wynikające z pełnionej funkcji nad swoje ludzkie powinności. Setna wiedział, że w jego obecności będzie musiał mówić prawdę i wystrzegać się owijania w bawełnę. Nie będzie przed nim ukrywał swych czynów, zamiarów ani wątpliwości. Choćby miał się zderzyć z murem milczenia, nie omieszka wspomnieć o *Księdze złodziei* i tajemnicy państwowej, którą znał jego przyjaciel Ched Wybawca. Nie zamierzał domagać się przywilejów, interesowała go tylko prawda. Dotrzyma niewypowiedzianej obietnicy, którą dał Bezwłosemu, i postara się wypełnić misję, jaką nauczyciel powierzył mu w chwili śmierci.

Setna zamierzał wypłynąć w towarzystwie innych

skrybów z wyższej administracji Memfis, którzy mieli złożyć sprawozdania w ministerstwie gospodarki. Zajęci sobą, nie zwrócą na niego uwagi. Już wchodził na pomost, gdy ktoś pociągnął go za rękę.

– Chwileczkę, chłopcze – szepnął Stary. – Odejdźmy na bok, musisz mnie wysłuchać.

– Przykro mi, nie mam czasu. Statek odpłynie i...

– Sekhet zniknęła.

Setna zamarł. Koszmar znów go dopadł. Ale teraz przecież nie spał!

Stary odciągnął go na stronę.

– Mam ci wiele do powiedzenia, nie mogę dłużej milczeć. W drogę.

– Dokąd idziemy?

– Do źródła wszystkich nieszczęść, które spadają na nasze głowy.

– Czy Sekhet żyje?

– Geb ją chroni, mała jest zaradna. Nie wiem, gdzie się ukrywa.

– Ukrywa? Ale dlaczego?

– Mamy kawałek drogi do przejścia. W tym upale będzie ciężko. Zadbałem o to, co najpotrzebniejsze.

Mężczyźni doszli do miejsca, gdzie czekał Północny Wiatr objuczony sakwami, w których znajdowały się dzbany z wodą i winem, placki i cebule. Czytając Staremu w myślach, osioł obrał właściwy kierunek i szedł w idealnym tempie.

– Przed chwilą byliśmy z Keku u szefa policji. Zostaną

uruchomione szeroko zakrojone poszukiwania twojej narzeczonej. Mam nadzieję, że nie zakończą się sukcesem.

– Zwariowałeś?

– Sekhet jest w niebezpieczeństwie. W wielkim niebezpieczeństwie.

– Czyżbyś miał na myśli jakiś spisek?

– Obawiam się, że tak.

– Kto miałby za tym stać?

– Dobre pytanie. Widziałem bandziorów, którzy wtargnęli na teren posiadłości z zamiarem zamordowania Sekhet. Dzięki interwencji Geba udało się uniknąć najgorszego. Pies nie szczekał, ponieważ obawiał się mieszkańców, czyli wspólników!

– Z całym szacunkiem, czy ty aby nie bredzisz?

– Gdybyś widział noże wbite w poduszki, które ułożyłem tak, by udawały kształt ciała twojej narzeczonej, nie miałbyś wątpliwości. Ledwie uniknęła śmierci.

Setna był wstrząśnięty.

– Znajdę ją i dopadnę winnych!

– Młodość jest szalona – wymamrotał Stary.

Skryba zauważył, że wychodzą z miasta.

– Prowadzisz mnie do niej, prawda?

– Wolałbym! Przygotuj się na coś przerażającego.

O zachodzie słońca zrobili sobie długą przerwę, ugasili głód i pragnienie. Rozkulbaczony osioł pogryzał lucernę.

– Chyba jesteśmy na obrzeżach nekropolii? – zdziwił się skryba.

– Jakieś sto kroków stąd znajdują się pierwsi strażnicy. Wiem, jak ich ominąć. Dalej droga będzie niebezpieczna. Północny Wiatr nas poprowadzi.

– Czy ta wyprawa jest naprawdę konieczna?

– Nie wyobrażasz sobie jak bardzo!

Osioł kluczył, by z daleka ominąć żołnierzy strzegących różnych części ogromnej nekropolii. Stary za sprawą mocnego czerwonego wina z własnej winnicy miał siłę atlety i nie odczuwał zadyszki. Nagle Setna poczuł wrogość pustyni, na której mogły się pojawić demony. Dotknął amuletu w kształcie lwa, ufając w jego ochronne działanie. Stary przystanął u stóp wzniesienia z piachu i kamieni.

– Wejdźmy na górę. Tylko cicho.

Ze szczytu zobaczyli kurhan, wokół którego rozstawionych było dwudziestu żołnierzy uzbrojonych we włócznie. Wejście do grobowca zawalone było odłamkami wapiennego gruzu.

– Przeklęty grobowiec – szepnął Stary. – To tutaj widziałem coś, czego nie powinienem był widzieć. – Setna wyczuł strach w jego głosie. Wspomnienie tamtej chwili głęboko naznaczyło Starego. – Czarownik wyjął sztylet, który miał moc przeszyć chmury i rozpętać burzę – opowiadał ze ściśniętym gardłem. – Wszedł do przeklętego grobowca i opuścił go z jakimś przedmiotem przykrytym czerwonym welonem. Był to „skarb nad skarby, tajemnica życia i śmierci”, jak sam powiedział. Kiedy zdjął welon, zobaczyłem pomarańczowy dym, który obrócił w pył wspólników maga! Ten dzban kryje w sobie największą tajemnicę i prawdziwą moc.

Nastała długa cisza.

– Dlaczego mnie tu przyprowadziłeś, Stary?

– Jestem tylko zarządcą, niezdolnym pojąć przyczyny tej kradzieży i morderstw. Ale może ty, syn Ramzesa, skryba i kapłan, zdołasz zgładzić tego czarownika.

– Sądzisz, że to on stoi za zamachem na Sekhet?

– Nie mam na to dowodu, ale tak mi mówi intuicja.

Księga złodziei, tajemnica państwowa, przeklęty grobowiec, straszliwy dzban, próba zamordowania Sekhet... Czyżby wszystkie te sprawy były z sobą powiązane?

– Potrafiłbyś rozpoznać tego maga?

– Miał zasłoniętą twarz.

– A jego głos?

– Był zduszony, zniekształcony!

Skryba spojrzał na zasypane wejście.

– Sprawdzono grób?

– Skąd mam wiedzieć?

– Muszę się dostać do środka.

– Książę!

– Muszę, to pewne. Może mi na to zezwolić tylko jedna osoba: faraon, mój ojciec.

– To niedorzeczne, niebezpieczne i...

– Przeklęty grobowiec przemówi, znajdę Sekhet, dopadniemy tego czarownika i pokonamy go.

Wobec takiej determinacji Stary nie protestował. Zresztą czy istniała jakaś inna droga ku światłu?

35

Przywiążcie się – zarządził kapitan *Kormorana*. – Będzie bujać!

Kormoran był całkiem nowym, szybkim statkiem skutecznie obsługującym połączenia między Memfis a Pi-Ramzes. Jeden z pasażerów, skryba z ministerstwa gospodarki, zwrócił się do kapitana, zdziwiony:

– Skąd taki rozkaz? Rzeka wygląda na spokojną.

– Być może potrafisz czytać, pisać i liczyć, ale to ja znam Nil! Widzisz to lśniące pasmo, o tam? To nie jest normalne. Powtarzam: będzie bujać. Więc przywiąż się, jeśli nie chcesz wypaść za burtę!

Urzędnik obruszył się, ale zrobił, co mu kazano.

– Hej, ty! – zwrócił się do jednego z marynarzy. – Zawiąż mi tu solidny węzeł!

– Nie ma czasu, radź sobie sam.

– To... to niedorzeczne! Jestem skrybą Skarbu i...

Marynarz stał już odwrócony do niego plecami i wraz z towarzyszami zajmował się wybieraniem żagla. Zważywszy na to, co robili, można się było spodziewać, że będą problemy.

– Pomóc ci, panie? – zapytał młody człowiek o głębokim spojrzeniu i solidnej budowie ciała, emanujący pokrzepiającym spokojem.

– Będę ci wdzięczny. Nie jestem obyty z linami, a ci marynarze są niemili. Tylko nie uszkodź mojej tuniki. Właśnie ją kupiłem, to ostatni krzyk mody, kosztowała sporą sumę. Nie powinienem był jej wkładać na drogę. Ale skąd mogłem wiedzieć, że będą takie kłopoty! Zazwyczaj nic się nie dzieje.

Młodzieniec opasał urzędnika liną i przywiązał ją do nadburcia.

– Prawie się duszę!

– Przykro mi, trzeba zachować ostrożność.

– Jak sądzę, jesteś, panie, rzemieślnikiem albo rolnikiem?

– Nie, kapłanem świątyni Ptaha w Memfis.

– Ach... więc jesteś skrybą?

– W rzeczy samej.

– A ja zostałem wezwany do ministerstwa gospodarki, by przedłożyć raport o stanie finansów Memfis. Przy odrobinie szczęścia zostanę przedstawiony królowi!

– Życzę ci tego.

– Nazywam się Abry i mam nadzieję ostatecznie zamieszkać w Pi-Ramzes. Nasza nowa stolica jest taka urokliwa! Dziś to tam należy mieszkać. Jak ci na imię?

– Setna – odparł skryba. Nie dodał, że jest młodszym synem Ramzesa i Isetnofret.

Statkiem wstrząsnął podmuch wiatru i urzędnik stracił równowagę, ale zdołał utrzymać się na nogach. W duchu cieszył się, że jest przywiązany.

Kormoran zbliżał się do lśniącego pasma, które rozciągało się na całą szerokość rzeki. Choć tego letniego dnia niebo było nieskazitelnie błękitne, załoga i pasażerowie znaleźli się w samym środku nawałnicy. Woda się spiętrzyła, tworząc przed statkiem zasłonę sięgającą szczytu masztu. Opadając, rozerwała żagiel, zabiła kilkoro pasażerów i porwała dziesięciu żeglarzy.

Kapitan, przemoczony do suchej nitki, miał nadzieję, że najgorsze już minęło, ale na środku nurtu zauważył wir, który z każdą chwilą potężniał. Jedyną szansą na przeżycie było go ominąć.

– Wioślarze na stanowiska! – zawołał.

Zbudowany przez najlepszych szkutników statek stawiał czoło żywiołowi, ale wyglądało na to, że manewr jest niewykonalny. Nawet przy maksimum wysiłku wioślarze nie zdołają wyminąć wiru. Setna odwiązał się i ruszył na dziób.

– Chłopcze, padnij!

Młody skryba wpatrywał się w otchłań, która miała pochłonąć *Kormorana*. Zjawisko w żadnym razie nie było naturalne. Okręt padł ofiarą ataku magicznych sił, ponieważ na jego pokładzie znajdował się Setna. I tylko on mógł wybawić towarzyszy podróży z nieszczęścia.

Zamknąwszy oczy, zaczął sobie przypominać papirusy z zaklęciami, które przestudiował, i myśl zaprowadziła go do formuł przeznaczonych do uspokajania wód rzeki.

– Wielki wężu z wnętrza ziemi, ukryty w jaskini, z której wytrysnęła ta powódź, ucisz się! Faraon złoży ci ofiary i czas harmonii powróci. Gwarantuję ci to, w imię tego lwa-strażnika! – Setna uniósł amulet. Wypowiadając te słowa, kładł na szali własne życie. Jeśli uosabiający płodność wielki wąż przystanie na układ, zażąda należnego wynagrodzenia. A tym, który miał mu je wypłacić, był faraon.

Wir się zachwiał. Nie stracił mocy, ale po prawej stronie pojawiło się miejsce dla statku.

– Szybciej! – rozkazał kapitan.

Z amuletu emanował blask, który dodawał sił wioślarzom. Zwiększyli tempo i *Kormoran*, prawie ocierając się o brzeg, ominął zabójczy wir. Wiatr ucichł, prąd rzeki się uspokoił, ale wioślarze wciąż dawali z siebie wszystko.

– Już dobrze, chłopaki, niebezpieczeństwo minęło! – oświadczył kapitan.

Wyczerpani mężczyźni wreszcie zwolnili tempo i statek płynął dalej siłą rozpędu.

Wir zniknął tak szybko, że świadkowie dramatu zastanawiali się, czy to nie był sen. Kiedy jednak członkowie załogi wyłowili ciała topielców, tragedia na nowo stanęła wszystkim przed oczami, tak że nawet najtwardsi nie mogli powstrzymać drżenia.

– Bogowie byli dla nas łaskawi, ale ty nam pomogłeś! – stwierdził kapitan, wpatrując się w Setnę. – Czyżbyś był magiem z dworu faraona?

– Nie, jestem zwykłym kapłanem.

– A niech mnie, jesteśmy pod znakomitą opieką! Jeśli taki młodzieniec potrafi uciszyć trąbę wodną, Egipt naprawdę nie ma się czego obawiać!

Kapitan poczęstował piwem wszystkich ocalałych. Cieszył się, że *Kormoran*, choć w opłakanym stanie, dotrze jednak do Pi-Ramzes, a w tamtejszej stoczni zajmą się niezbędnymi naprawami.

– Może by mnie ktoś odwiązał – rozległ się błagalny głos wyczerpanego skryby Skarbu, którego piękna tunika była nie do poznania.

Setna pośpieszył mu z pomocą.

– Wygląda na to, że nas uratowałeś, panie!

– Człowiek jest tylko gliną i słomą. To bóg buduje i burzy każdego dnia.

– Mimo wszystko, mimo wszystko... Taka moc...

– Módlmy się do ducha rzeki, by ofiarował nam pomyślne wylewy – podsumował Setna i wrócił na dziób, by delektować się pięknem krajobrazu.

Ibisy i pelikany fruwały nad statkiem, który z brzegu obserwowali zdziwieni wieśniacy. Kiedy w oddali zamajaczyło Pi-Ramzes, Setna poczuł ucisk w sercu na myśl o czekających go przeszkodach. Nie wiedząc nic o losie swojej ukochanej Sekhet, wyruszał na spotkanie z niebezpieczeństwem.

36

Sekhet, która zmuszona była uciekać, by uniknąć śmierci, z trudem dochodziła do siebie. Idąc za radą zarządcy, który ocalił jej życie, opuściła Memfis i po prostu podążała za wielkim czarnym psem. Geb zachowywał się tak, jakby wiedział, dokąd iść. Narzucił żwawe tempo, by jak najszybciej oddalić się od luksusowej posiadłości, w której dziewczyna spędziła całe dzieciństwo i lata dorastania. Nie mogła się spotkać z Setną, który wyjechał do Pi-Ramzes, ani schronić się w świątyni Sechmet. Na próżno starała się odegnać przerażającą myśl: czyżby zleceniodawcą morderstwa był jej rodzony ojciec?

Noc wypełniały niepokojące odgłosy: ryczał dziki kot, sowa pohukiwała posępnie. Sekhet zdawało się, że słyszy czyjeś szybkie kroki, jednak Geb, który miał znacznie czulszy słuch niż ona, nie zmienił tempa i wciąż biegł w nieznanym kierunku. Nie, to niemożliwe... Ojciec nie mógłby zlecić zabójstwa jedynej córki! Nawet gdyby bardzo się poróżnili. Keku nie stał się potworem bez serca.

To prawda, popełnił naganne czyny, zszedł na złą drogę, ale jak sam powiedział, zapieczętowany dzban Ozyrysa został na zawsze ukryty poza ludzkim zasięgiem, i tak było lepiej. Czy nie powinna wrócić do domu i porozmawiać z nim? Przypomniało jej się jednak ostrzeżenie Starego, które odwiodło ją od tego ryzykownego pomysłu. Postanowiła, że najpierw musi się uspokoić i zastanowić, tym bardziej że Geb uparcie biegł dalej.

Choć marsz był wyczerpujący, jednocześnie ją uspokajał. Podążając za psem, dziewczyna mijała pola, gaj palmowy, szła skrajem pustyni, aż dotarła do skromnej wiejskiej chaty, którą natychmiast rozpoznała. Niedawno zdjęła z niej urok, wypędzając ducha, który nękał mieszkańców.

Zaczynało świtać. Pojawiła się gospodyni, zaskoczona widokiem kapłanki.

– Jesteś naszą uzdrowicielką, pani?

– Przykro mi, że was niepokoję. Czy mogę zatrzymać się u was przez chwilę?

– Proszę, wejdź! Wyglądasz na wyczerpaną.

– Szłam przez kilka godzin, ścigają mnie jacyś ludzie.

– Ścigają? Ciebie? Dlaczego?

– Myślę, że chcą mnie zabić.

Wstrząśnięta chłopka wpuściła niespodziewanego gościa. Na klepisku dużej izby leżały maty, dach wykonany był z palmowych liści. Mąż właśnie jadł śniadanie składające się z mleka i ciepłych placków nadziewanych bobem i liśćmi sałaty. W tym domu wstawano wcześnie, by wykorzystać pierwsze godziny poranka, które były względnie chłodne. Mężczyzna był równie zaskoczony jak jego żona i niezbyt zadowolony, że ktoś mu przeszkadza.

– Duch zniknął, nikt nie choruje.

– Teraz ja jestem w niebezpieczeństwie i proszę was o gościnę – oświadczyła Sekhet.

– Jesteśmy prostymi wieśniakami, a ty wielką damą. Na pewno masz wielu życzliwych i bogatych przyjaciół.

– W tej chwili zostałam sama.

– Chodzi o jakieś niebezpieczeństwo?

– Próbuję uciekać przed mordercami.

– Mordercy? To sprawa dla policji!

– Muszę się trochę przespać.

– My tu nie chcemy kłopotów.

– Dość tego – wtrąciła się gospodyni. – Dokończ śniadanie i zajmij się zwierzętami. Pani Sekhet pójdzie odpocząć. Później porozmawiamy.

– Nie zgadzam się, ja...

– Jestem panią tego domu i przyjmuję pod mój dach, kogo chcę!

Właścicielka budynku i połowy pól nie znosiła, gdy kwestionowano jej autorytet. Znając jej charakter, małżonek wolał wyjść. Zrzędząc, wziął swój placek i ruszył w kierunku stodoły.

– Przykro mi – przepraszała Sekhet. – Nie chciałam wprowadzić zamętu i...

– Nie przejmuj się, pani! To dobry człowiek, tylko

mruk i zrzęda. Życie czasem każdemu daje się we znaki, a ja dobrze pamiętam, że wybawiłaś nas od najgorszego, za darmo zdejmując urok z naszego domu. Jesteśmy ci zobowiązani i cieszę się, że mogę ci wyświadczyć tę skromną przysługę. Chodź, pokażę ci izbę.

Okno niewielkiego kwadratowego pomieszczenia wychodziło na podwórze i letnią kuchnię. Mata, skrzynia na drobiazgi. Sekhet niemal z rozbawieniem wspominała swoje luksusowe apartamenty. Nagle opuściło ją całe napięcie. Nie miałaby sił, by zrobić choć jeden krok więcej. Pies wśliznął się do izby i zwinął w kłębek na macie. On także potrzebował odpoczynku, chciał jednak czuwać u boku pani.

– Muszę się zająć dziećmi – oznajmiła gospodyni. – To prawdziwe żarłoki! Powiem im, żeby były cicho.

– Jestem ci wdzięczna z całego serca, pani.

– Śpij, Sekhet. U mnie jesteś bezpieczna.

Dziewczyna położyła się, ostrożnie przestąpiwszy Geba, który już zasnął.

Bez miękkiego łóżka, bez pościeli, bez poduszek, bez fryzjerki, bez manikiuru, bez makijażystki, bez służącej śpieszącej z wykwintnym posiłkiem, bez łazienki, bez szkatułek z perfumami i biżuterią... Życie Sekhet uległo okrutnej zmianie, a jedynym stworzeniem, któremu mogła się zwierzyć, był pies. Czy to sen na jawie, czy rzeczywistość? Dotykając szorstkiej maty i kładąc się na niej, uświadomiła sobie, jakie są fakty. Stała się kimś tak niepożądanym, że bez wahania chciano się jej pozbyć.

Powód mógł być tylko jeden: to, że poznała tajemnicę ocalenia Egiptu, czyli imię złodzieja dzbana Ozyrysa. A złodziejem był jej ojciec.

Sekhet zamknęła oczy i próbując odegnać ten koszmar, pomyślała o swojej inicjacji w świątyni Sechmet. Mimo młodego wieku i skromnego doświadczenia nie była taka jak inne kobiety. Czy przełożona kapłanek nie powiedziała jej, że jeśli zwróci się do straszliwej bogini, ta jej odpowie? Rozmowa z Sechmet wymagała sił. Zapadając w sen, uciekinierka zobaczyła Setnę przybijającego do portu w stolicy, Pi-Ramzes. Myślał o niej, a ona myślała o nim. Kiedy się spotkają, kiedy będzie mogła mu wyjawić straszliwą prawdę? Był tylko jeden sposób, by stawić czoło przeciwnościom: musieli pozostawać zjednoczeni poza czasem i przestrzenią.

Strażnik niewidzialnego świata, obdarzony niezawodną przenikliwością, ofiaruje życie temu, kto potrafi odpowiedzieć na jego pytania (kaplica Tutenchamona).

Wkrótce

Śledztwa księcia Setny

** Zakazana księga

Czy Ramzes zgodzi się rozmawiać z Setną, co więcej, otworzyć przed nim przeklęty grobowiec i wyjawić mu prawdę o dzbanie Ozyrysa?

Gdzie schroni się Sekhet? Czy będzie potrafiła użyć mocy, które otrzymała podczas inicjacji w świątyni bogini-lwicy?

Czy Setna i Sekhet, którzy poprzysięgli sobie wieczną i niezniszczalną miłość, jeszcze się kiedyś spotkają?

Keku – czarnoksiężnik, ojciec Sekhet, złodziej dzbana Ozyrysa, postępuje drogą Zła. Czy poza *Księgą Thota* istnieje jakiś sposób na tyle potężny, by go powstrzymać?

KSIĄŻKI CHRISTIANA JACQA, KTÓRE UKAZAŁY SIĘ W JĘZYKU POLSKIM

POWIEŚCI

SERIA *Ramzes:*

* *Syn światłości*, przeł. Adam Szymanowski, Zysk i S-ka, Poznań cop. 1997.

** *Świątynia milionów lat*, przeł. Adam Szymanowski, Zysk i S-ka, Poznań cop. 1998.

*** *Bitwa pod Kadesz*, przeł. Adam Szymanowski, Zysk i S-ka, Poznań cop. 1998.

**** *Wielka pani Abu Simbel*, przeł. Adam Szymanowski, Zysk i S-ka, Poznań cop. 1999.

***** *Pod akacją zachodu*, przeł. Maria Boryska, Zysk i S-ka, Poznań cop. 2000.

SERIA *Egipski Sędzia:*

* *Zamordowana piramida*, przeł. Zygmunt Burakowski, Prima, Warszawa 1998.

** *Prawo pustyni*, przeł. Wanda Błońska, Prima, Warszawa 1998.

*** *Sprawiedliwość wezyra*, przeł. Wanda Błońska, Prima, Warszawa 1999.

Czarny faraon, przeł. Zygmunt Burakowski, Albatros, Warszawa 1999.

Królowa Słońce, przeł. Barbara Walicka, Albatros, Warszawa 1999.

SERIA *Świetlisty kamień:*

* *Nefer Milczek*, przeł. Zygmunt Burakowski, Noir sur Blanc, Warszawa 2000.

** *Mądra kobieta*, przeł. Zygmunt Burakowski, Noir sur Blanc, Warszawa 2000.

*** *Paneb Ognik*, przeł. Zygmunt Burakowski, Noir sur Blanc, Warszawa 2001.

**** *Miasto Prawdy*, przeł. Zygmunt Burakowski, Noir sur Blanc, Warszawa 2001.

Na tropie Tutenchamona, przeł. Wanda Błońska, Albatros, Warszawa 2000.

Ostatnia świątynia, przeł. Janina Błońska i Krzysztof Błoński, Albatros, Warszawa 2000.

Seria *Królowa Wolności:*

* *Imperium mroku*, przeł. Zuzanna Apiecionek, Noir sur Blanc, Warszawa 2004.

** *Wojna koron*, przeł. Zuzanna Apiecionek, Noir sur Blanc, Warszawa 2004.

*** *Ognisty miecz*, przeł. Anna Michalska, Noir sur Blanc, Warszawa cop. 2004.

Seria *Tajemnice Ozyrysa:*

* *Drzewo Życia*, przeł. Zygmunt Burakowski, Bertelsmann Media, Warszawa 2005.

** *Sprzysiężenie zła*, przeł. Zygmunt Burakowski, Bertelsmann Media, Warszawa 2005.

*** *Ognisty szlak*, przeł. Zygmunt Burakowski, Bertelsmann Media, Warszawa 2005.

**** *Wielki sekret*, przeł. Zygmunt Burakowski, Świat Książki-Bertelsmann Media, Warszawa 2005.

Seria *Mozart* (2 tomy z 4):

* Wielki Czarodziej, przeł. Zygmunt Burakowski, Świat Książki-Bertelsmann Media, Warszawa 2008.

** *Brat Ognia. Ulubieniec Izydy*, przeł. Zygmunt Burakowski, Świat Książki, Warszawa 2008.

Tutanchamon – ostatni sekret, przeł. Krystyna Arustowicz, Świat Książki, Warszawa 2010.

Sen Kleopatry, przeł. Magdalena Talar, Znak, Kraków, 2014.

KSIĄŻKI POPULARNONAUKOWE

Podróż po Egipcie faraonów, przeł. Maciej G. Witkowski, Świat Książki, Warszawa 2004.
Sekrety Egiptu faraonów, przeł. Maciej G. Witkowski, Świat Książki-Bertelsmann Media, Warszawa 2006.
Echnaton i Nefertiti, przeł. Maciej G. Witkowski, Świat Książki-Bertelsmann Media, Warszawa 2008.
Egipcjanki, przeł. Barbara Tkaczow, Świat Książki -Bertelsmann Media, Warszawa 2008.

KRYMINAŁY

Higgins prowadzi śledztwo (jako J.B. Livingstone), przeł. Maria Bobrowska, Moderski i S-ka, Poznań 1998.
Morderstwo w British Museum (jako J.B. Livingstone), przeł. Anna Laurent, Piotr Trybuś, Moderski i S-ka, Poznań 1998.
Zbrodnia w Lindenbourne (jako J.B. Livingstone), przeł. Maria Bobrowska, Moderski i S-ka, Poznań 1998.
Ostatnia zbrodnia Agaty Christie (jako Christopher Carter), przeł. Daria Demidowicz-Domanasiewicz, Wydawnictwo Dolnośląskie, Wrocław 2000.